JN324651

失恋延長戦

山本幸久

祥伝社文庫

目次

失恋延長戦

失恋延長戦

①

大昔のことだ。スマップがまだ六人で、ドリカムも三人だった。そして高校生のきみは携帯電話を持っていなかった。きみにかぎらず、当時の高校生はまだだれもだ。それほど昔のことである。

眠りから覚めると、米村真弓子《よねむらまゆこ》は涙を流していた。

夢を見て泣いたのはひさしぶりだった。昔はよくあった。恐い夢を見て自分の泣き声で起きてしまうのだ。

だが今日はちがう。とても幸せな夢だった。

乗ってく？

サドルを持って自転車の脇に立つ大河原健児《おおかわらけんじ》がそう訊《たず》ねてきた。場所は学校の自転車置き場だったように思う。実際にそんなことを言われた経験は、彼どころか他の男子生徒にすらない。通学の行き帰りに男女がふたり乗りをしたとならば、それはつきあっている証捌だ。

い、いいよ。

そんなこと、言わないでさ。乗ってけって。

つぎの瞬間、真弓子は大河原くんに抱きつき、自転車に乗っていた。肩まである髪が風でなびく。

そのうしろをベンジャミンが猛ダッシュで追ってくる。

真弓子さん、ぼくと散歩いく約束だったでしょう。

ごめんね、ベンジャミン。今日は勘弁してね。

幸せだった。人生でいちばん幸せな気分に浸《ひた》っていた。目覚めたときに現実ではなかったことを瞬時に察し、涙をこぼしたのかもしれない。

部屋はまだ薄暗い。外でベンジャミンが吠《ほ》えているのが聞こえる。それだけは現実だった。真弓子は枕元の時計を見る。五時半。上半身を起こし、涙を拭《ぬぐ》う。

パジャマがわりのトレーナーの上に、ジャージを着て、立つ。下はスエットのままでい い。靴下を穿《は》いて部屋をでる。ベンジャミンは吠えっぱなしだ。

早くしてくださいよぉ。ぼく、ずいぶん前から起きてるんですよぉ。ねえ、早く散歩いきましょうよぉ。

はいはい、わかりました。

廊下を早足で歩いていく。靴下を穿いていても足裏がひんやりする。

早くったら早くぅ。

「わかったから待ってよ」

思わず声をだしながら、真弓子は玄関へむかった。

ベンジャミンを朝の散歩に連れていくのは真弓子の役目だ。すでに五年。この春、真弓子は高校生になったのだが、昨年の受験勉強中も、ベンジャミンとの散歩は欠かさなかった。母にかわろうかと言われたが、気分転換になるからいいと断った。

ベンジャミンの世話と受験勉強を見事に両立させ、希望の高校へ合格を果たした。夜中二時ぐらいまで勉強して、朝五時半には散歩をさせていたのだ。われながらタフだったと真弓子は思う。テスト当日も合格発表の日もベンジャミンと散歩にいった。

おはようございます、真弓子さん。ささ、参りましょう。

「わかったって。そう急《せ》かさないで」

犬がほしい。

小学五年のとき、真弓子は両親にねだった。

「お父さんがいいならいいわよ」と母さんはいつもの答え。

「駄目だ」父さんはあっさり却下。

「自分で世話するよ」真弓子はねばった。

「おまえに犬の世話などできるはずがないだろ」

にべもない父さんに、自分がどれだけ本気か、真弓子は態度でしめすことにした。ハンストを決行したのだ。

「犬を飼うためにハンストをしているの」

特別、仲がよかった子に、真弓子は少しだけ自慢げに話した。

「わかった。応援するわ」

ありがたい。持つべきものはやはり友だ、と思ったのも束《つか》の間《ま》だった。

「マユちゃんがぜったいモノを食べないよう、見張ってあげる。なにか食べそうになったら注意するから」

じつのところ、ハンストは家のみで実行するつもりでいた。そのぶん、給食や帰り道の買い食いで補おうと考えていたのである。

しかしそうはいかなくなった。

その子はクラスみんなに協力を求めた。給食は先生に見つからないよう、おなじ班の男の子にあげる羽目《はめ》になった。買い食いをしないよう見張るため、帰り道はその子以外にもクラスメイト数人がボディガードよろしく、ベッタリついてきた。

こうなれば母さん頼みだ。ところがである。

「ぜったいなにも口にしちゃ駄目よ。お父さんにはこれぐらいやって、意志の強さを見せなきゃね」

母さんにはそう言われた。いじわるではない。心から娘を応援しているのだ。だから始末におえない。

初日で足がふらついた。二日目の午後、体育の授業中、跳び箱の順番を待っていると意識が遠退《の》き、気づくと保健室で横たわっていた。その日の夜、仕事から帰ってくるなり、父さんがこう訊ねてきた。

「で、いったいおまえはどんな犬がほしいんだ?」

どうやら母さんが会社に電話をしたらしい。

その週末、両親と車で、国道沿いにある大きなペットショップへいった。運転は父さん、助手席には母さん、そのあいだに真弓子は押し込められるように座った。

店ではまず生後数ヶ月のシベリアンハスキーをすすめられた。だが真弓子は気乗りしなかった。バスタオルのようなもので包まれた子犬は踏んづけたりでもしたら、死んでしまいそうだ。その儚《はかな》さが、真弓子をおそれさせたのだ。

ほかにもさまざまな犬を紹介された。しかしどれもぴんとこなかった。そのうちに犬のコーナーのいちばんはしっこの檻《おり》にいる犬に目がいった。薄茶色の短い毛に全身を覆《おお》われ、しっぽがくるっと巻いている。子犬とはすでに言いがたいからだつきだ。

へへへ。へへ。なんか、あの、御用で？

照れ笑いを浮かべて、そう言っているように思えた。

「そいつはもう二歳になるんですがね。どうしたもんか、なかなか買い手がつかなくって」

店員が申し訳なさそうに言う。

「どこか欠陥《けっかん》でもあるの？」と母さん。

欠陥って。中古の家電じゃあるまいし。

「いや、そんなことはけっして」

真弓子はその犬のほうへ近づいていった。檻の外にかけてある札には『柴犬《しばいぬ》 オス 二歳』とある。

「おまえのこと、さっきからじっと見てるぞ」

父さんの言うとおりだった。しかしだからといって柴犬オス二歳の目は、物欲しそうにしていたり、ここをでたいと訴えていたりはしていなかった。

ぼく、ここの暮らしに不満があるわけでもないんですよ。でももしあなたがぼくのことを気にいってくれたのであれば、ここからだして飼っていただいても、かまいませんけど。へへへ。

「この犬がいい」

真弓子の言葉に両親はぎょっとした。店員もだ。

「もっとこう、覇気のあるヤツがよかないか。こいつ」父さんは柴犬オス二歳を顎《あご》でさした。「いまいちやる気なさそうだし」

やる気ないわけじゃないんですよぉ。ぼく、見た目、犬でしょう。ま、犬なんですがね。ですからなるべく犬みたいなことしたくないんです。

「この犬じゃなくちゃいやだ」

「ほんとかよ」父さんが難色をしめす。

ほんといいんですかぁ、ぼくなんかで？

「ほんとだって」

またハンストをされてはかなわないと思ったのか、父さんはたやすく折れた。値段も格安で、手頃だったせいかもしれない。

柴犬オス二歳は夕方、ペットショップから運ばれてきた。

家族三人で名前を考えた。父さんは太郎《たろう》、真弓子は嵐《あらし》、母さんはベンジャミンだった。

「どうして？」

「だってベンジャミンって顔してるじゃないの」

純日本風の顔だちの柴犬のどこをどう見れば、そう見えるのか、父さんも真弓子も見当がつかなかった。ともかく三人が三人とも自分の意見を譲らなかった。

「じゃあ、本人に選ばせましょうよ」母さんが提案した。

「どうやって?」当然の質問を父さんがした。

「紙にそれぞれの名前を書くの。それをあの犬の前に置いて、最初に触ったものにしましょ」

柴犬オス二歳は、庭に置かれた三枚の紙などに目もくれず、自分のしっぽを追いかけ、くるくるまわっているばかりだった。

ぼくに決めろって言われましてもねえ、いやはやどうしたらいいものやら。こまっちゃいますよぉ。へへ。

「紙に書いた文字を選ばせるというのはおかしくないか」犬の様子を見て父さんはそう言った。なるほどそのとおり。「それぞれ呼んでみて、反応がよかった名前にしよう」

じゃんけんで勝った者順にした。いちばんは真弓子だった。

「何回、呼んでいいの?」

「回数より時間だ」父さんは腕時計に目を落とした。「三十秒、呼びつづけろ。いいか。位置について」

「位置ってどこよ」

「犬の前に立てばいい。秒針が12のとこにいくまで待ってくれ。十秒前、五、四、三、

二、一、スタート！」

その途端、柴犬オス二歳は走って庭をでていってしまった。しばらく家族三人、呆気《あっけ》にとられていたが、まず父さんが、「太郎っ！」と言って走って追いかけた。

真弓子も母さんもそのあとを追った。

柴犬オス二歳が辿《たど》り着いたのは、真弓子の家から十分ほどの浜辺だった。

「太郎、太郎」

「嵐、嵐ったら」

父さんと真弓子がどれだけ呼びかけても駄目だった。

母さんはだいぶ遅れて、走っていた。先頭走者の柴犬オス二歳よりも百メートルはうしろだったのではないか。

「ベンジャミィインッ！　ヘイ！　ベンジャミン！」

母さんの叫び声に柴犬オス二歳は足をとめ、宙を見あげながらその場をくるくるまわりだした。

えっと、いま、ぼくのこと、だれかお呼びになりました？

「ベンジャミン、こっちいらっしゃい」

母さんのその言葉に従い、とことこ戻ってきた。

そして柴犬オス二歳の名はベンジャミンに決まった。

真弓子の住む町は小さい。面積は広いがほとんどが山で、ちょっと砂浜があって、そのはざまの限られた場所に民家が寄り添うようにあるだけだ。

堤防を越え浜辺にでると、ベンジャミンはとてもうれしそうだ。ただし首輪から紐《ひも》を外しても、すぐに駆けだしたりはしない。真弓子の顔をしばらく窺《うかが》っている。

「早く遊んでおいでよ」

へへ、そいつはどうも。

そしてようやくひょこひょこ砂の上を歩きだす。

真弓子や両親がトレーニングをしなくとも、しつけがなっている犬だった。拾い食いはしないし、ひとに吠えたり飛びついたりもしない。ウンチやおしっこも散歩中には滅多にしない。真弓子の前でする場合はとても恥ずかしそうだった。待てや伏せやお座りなどの命令には素直に応じるが、言われなくてもそのくらいのこと、わかってますって、へへへ、と言っているように見えてならない。

真弓子はその場にしゃがみ、ベンジャミンの揺れ動くしっぽに寝ぼけ眼《まなこ》をむける。そして今朝見た夢を思いだしていた。

大河原くんは同学年でもクラスはちがう。真弓子が二組で彼は四組だ。それでもお互い放送部だし、学級委員なので、会う機会は多かった。クラスの男の子のだれよりも長く大河原くんと話している。

はじめはとっつきにくかった。話しかけても、うん、とか、ああ、としか答えず、会話が成り立つようになったのは、ゴールデンウィークが明けてからだった。その頃はまだ好きでもきらいでもなかった。

真弓子の気持ちが大きく揺れ動いたのは、放送部の夏合宿の最中だった。

学校からバスで三十分ほど、市内の山沿いにある温泉旅館『百田楼《ももたろう》』で合宿はおこなわれた。四日間まるまる朝から晩まで体育会系並みの練習量と上下関係で、けっこうハードだった。とかく一年生は男女問わず、いろいろやらされた。機材の運搬および設営、そして撤去。布団《ふとん》の上げ下げ、部屋掃除、食事の配膳などなどだ。いずれも時間内にすまなかったり、満足にできていなかったりすると、先輩から厳しいお叱《しか》りを受けた。

真弓子は非力で不器用である。そのせいで重い荷物は運べず、アンプとスピーカーは接続できず、おろおろするばかりだった。そんなとき、必ず大河原くんがとなりにきて、手を貸してくれた。

「ありがとう」真弓子がそう言うと、彼は決まって「礼には及ばぬ」と返し、にっこり微笑《ほほえ》んだ。

合宿の最終日の夜、百田楼の大広間で発表会が催《もよお》された。合宿の成果を披露《ひろう》するためのごくささやかなもので、観客は放送部員と百田楼の従業員のみ、それでもあわせて五十人近くいた。

真弓子にはまだ欠点があった。人前にでるのが苦手なのだ。放送部は放送室の狭いブースの中だけでしゃべっていればいいと思っていたのである。

合宿の発表会で真弓子は『走れメロス』の冒頭を朗読することになった。最初の一行でとちった。「メロスは激怒した。必ず、かのジャチュ、ジャシュ、ジャチビョウキュ」といった具合にだ。ついにはメロスよりも部長が激怒した。

「米村。あなた、もういいわ。さがりなさいっ」

部長は二年の女子である。この六月に部長となった。アナウンサーを目指していることを公言して憚《はばか》らないひとだ。となりの県にあるアナウンス学院へ通っているほどで、大変、ひとに厳しい。本気ではないひとには容赦《ようしゃ》しない。

発表会がおわったあとの打ち上げには、真弓子は参加しなかった。部屋で布団に包《くる》まっていた。

その翌日、百田楼から学校へむかう貸し切りバスで大河原くんがとなりの席に座った。

「なぁ、米村」

真弓子は返事ができなかった。すっかり落ち込み、だれとも口をきける状態ではなかったのだ。

「おれ、米村って、声はいいと思うよ」

なにかいいことあったんですか。

気づいたらベンジャミンが真弓子の顔をのぞきこんでいた。

口元が緩《ゆる》んでますけど。

「なんでもないよ」

八月の合宿から大河原くんとはなんの進展もない。

最近になって気づいたのだが、大河原くんは真弓子をひとり特別扱いしてくれているわけではなかった。こまっているひとがいれば、だれでも大河原くんは手助けをしていた。ちょっと残念には思ったものの、それでも彼をきらいになることはない。それどころか好きだという気持ちは日を追って増していった。自ら持て余すほどだ。だからきっと今朝のような、いやにディテールの細《こま》かい夢を見たのだろう。

真弓子はベンジャミンの頭を撫《な》でてやった。

「座る？　ベン？」

いえ、ぼくは。あっ、真弓子さん、空が白《しら》んできましたよ。

ベンジャミンは吠えもせず唸《うな》りもせず、真弓子のまわりをぐるぐるまわりつづける。聞こえてくるのは波の音ばかり、ではなかった。

どこか遠くから、ひとの叫び声が聞こえてきた。

「あぁぁぁぁぁぁぁぁぁぁぁぁぁぁ」

どうも叫び声とはちがっているようだ。少なくとも助けをもとめている気配はない。真弓子もベンジャミンも声のしたほうに目をむけた。遠くにひとが立っている。性別は判断つかないが、ジャージ姿であることだけはおぼろげにわかった。

「あ、え、い、う、え、お、あ、お」

なんですかね、ありゃ？

ベンジャミンが首をかしげている。

「発声練習よ」

放送部に所属する真弓子も毎日、欠かさない練習だ。でもこんなところでしているひとなんか、はじめて見た。

「か、け、き、く、け、こ、か、こ」

声を聞いてもまだ男だか女だかわからなかった。

ぼく、ちょっくら見てきます。

ベンジャミンは走っていってしまった。真弓子はどうしようか迷った。嚙《か》みついたりはしないだろうが、相手を驚かすことになるかもしれない。立ちあがって小走りにベンジャミンを追った。

「な、ね、に、ぬ、ね、の、な、の」

近づくにつれ、発声練習中の人物の輪郭《りんかく》がはっきりとしてきた。女性だ。さらに近づき、真弓子は我が目を疑った。

藤枝美咲《ふじえだみさき》だ。真弓子のクラスメイトである。関わりあいになるといちばん面倒な人間だった。

あだ名はゲロサキ。本人にむかって言うひとはない。藤枝の陰口を叩《たた》く際にみんな使う。いい子ぶるわけではないが、幼稚で悪意に満ちたこのあだ名を真弓子は口にするのがいやだった。

友達はおらず、クラブ活動もしていない藤枝はいつもひとりぼっちだった。にもかかわらず目立っていた。素行が悪いとか、不良だとかではない。どっか、他人とズレている。それを本人が気づいていないのか、あるいは気づいていてもどうすることもできず、やけっぱちになって拍車がかかっているのかもしれない。

一例を挙げればこうだ。高校に入ってすぐ、ホームルームで各自が自己紹介することがあった。そのとき藤枝は自作の詩を読んだ。読みおわると、この詩に曲をつけてくれるひとを募集します、と早口で言い、自分の席に戻った。残念ながらその募集にはだれも応じなかった。こうした彼女の奇行ぶりはクラスでのみならず、校内で有名だった。

「は、へ、ひ、ふ、へ、ほ、は、ほ」

ベンジャミンが突然、加速した。まずい。真弓子は呼び止めようとした。だがもう間に合わなかった。

「ま、め、み、む、め」藤枝がベンジャミンに気づいた。瞬間、彼女の顔が歪《ゆが》み、「わ、わ、わぁぁぁぁ」と悲鳴をあげた。そしてそのまま走りだしてしまった。

走っちゃ駄目だ。ベンジャミンは藤枝のあとをうれしそうに追いかけていった。

逃げないでくださいよぉ。

「いやぁぁぁぁぁぁぁぁ」

藤枝は絶叫していた。

「待って、ベンジャミン！」

「うぉんぉん、おぉんっ」

「いやぁぁぁぁぁぁぁぁ」

陽が昇りだしてきた。一日のうち、もっとも静寂であるべき時間だった。だがそうはいかなくなっていた。ベンジャミンは藤枝に追いつきそうだ。

「うぉんぉん、おぉんっ、うぉんぉん、おぉんっ」

待って、待って、待ってくださいよぉ。ぼくはあなたと遊びたいだけなんですよぉ。

走る藤枝は振り返る余裕すらないようだった。彼女は海のほうへむかい、ついに入っていってしまった。水温はだいぶ低いはずだ。さすがのベンジャミンも波打ち際で足をとめている。真弓子に顔をむけ、どうしたらいいでしょうねえ？　と苦笑《にがわら》いに似た表情をしていた。

あんたが悪いのよ。

「な、なんなのよぉ」

膝下《ひざした》まで海に浸《つ》かった藤枝がそう叫んだ。真っ青な顔で滝のような汗を流し、泣きべそをかいている。悪いことをしたな、とは思うが、同時に笑いがこみあげてきて、真弓子はそれをおさえるために右手で口をふさいだ。

「が、学級委員」

藤枝は目を見開いていた。たしかにそうだが、いま、そう呼ぶか？

「あ、あんたの犬なの？」

歯をがちがち鳴らし、全身を震わせている。

早いところ、海からでてくればいいのに。

「うん。あ、あの」だいじょうぶ？　と訊ねる前に藤枝に遮《さえぎ》られた。

「あんたがけしかけたんでしょ」

えらい剣幕である。そう思われてもしかたがない。だがもちろん、「ちがうわ」と否定した。

当のベンジャミンは真弓子のうしろにいた。藤枝と顔をあわせないよう、あさってのほうをむいてお座りをしていた。

なんかやっちゃいましたかねえ、ぼく。

こんな身勝手な犬がわたしの言うことをきくはずないでしょ?

できれば藤枝に言ってやりたかったが、ただの言い訳にしかとられないだろう。

「ぜったいそうよ。あたしが犬、きらいなの知ってて」

そこで藤枝は大きなくしゃみをした。ジャージの下はTシャツぐらいしか着ていないかもしれない。もともと痩《や》せぎすの彼女はさらに痩せ細ってみえ、寒々しいをとおり越して痛々しかった。

「あがってきたらどう? 風邪《かぜ》ひくわよ」

本気で心配になる。ところが藤枝は返事もせず、じろりとにらむだけだった。

「わかった。それだ、それが目的だ。あたしに風邪をひかそうとしているんだ」どうしてそういう考えになるのか、真弓子には見当がつかなかった。「あなたも受けるんでしょ?」

「なにを?」

「とぼけちゃって」

「ほんとになんのことかわかんないんだけど」

ベンジャミンのしでかしたことは、飼い主の自分に責任がある。だから真弓子は素直にあやまるつもりでいた。しかしその機会を与えられぬままに、わけのわからない言いがかかりをつけられ、腹が立ってきた。

「今度は負けないわよ」

藤枝はざぶざぶと音を立てて歩きだしていた。ようやくあがってくることにしたらしい。

「藤枝さんが犬ぎらいだなんてこと、わたし、知らなかったわ」

真弓子はひとまずそう言ってみた。

「あたし、だれにもそんなこと言ってないもん」

藤枝は言い返す。

「でもさっき藤枝さん」

あなたの犬ぎらいをわたしが知っていて、犬をけしかけてきたって言ったじゃないの？

そう指摘したいのは山々だった。だが真弓子はあわてて口を閉ざした。これまで見てきた藤枝の言動から鑑《かんが》みて、やめたほうがいいと思ったのだ。

藤枝は浜辺にあがった。ジャージも靴もびしょ濡れだ。真弓子に一瞥《いちべつ》をくれただけでなにも言わず、その場を去っていった。すぽすぽ、と歩くたびにおかしな音を立てながらだ。アニメのキャラクターが歩くときの音のようだ。途中、三度ほどくしゃみをしていた。

ありゃぜったい風邪ひくわ。父さんがするような大きなくしゃみだった。

真弓子の高校は通学にバスを利用するのが七割、自転車が二割、残り一割は徒歩である。

真弓子はバスだ。海沿いの国道をまっすぐ、十分ほどバスに揺られていく。

「ねぇ、マユ、知ってる？」

とりたてて仲のいいわけではないクラスメイトの女子が話しかけてきた。

「なにを？」

「ゲロサキの話」

朝、会ったばかりだ。しかしそのことは言わずにおいた。

「どんな話？」

「いまさ」クラスメイトは地元のＦＭ局の名を言い、「その局でやってる番組のアシスタント募集してるんだよ。しかも女子高生限定。ゲロサキ、それに応募したらしいんだ」

「そういうのまずいんじゃない、うちの高校」

あなたも受けるんでしょ？

今朝の藤枝の言葉がよみがえった。このことだったのか。

クラスメイトの話はこうだった。アシスタント募集にはまず往復はがきをだす。戻ってきた返信はがきには、面接会場と日時、そして試験番号が印刷されているという。

「ゲロサキのヤツ、昨日一日中、その返信はがきをみんなに見せびらかしてたのよ」

どうでもいいこと。ほんとにどうでもいいこと。

バスが停まった。大河原くんが乗ってくるバス停だ。どかどかと大勢、乗り込んでいる。視線は自然に乗降口にむいてしまう。

大河原くんに声をかけたりなどしない。目があえば軽く会釈《えしゃく》するだけだ。だがその一瞬こそが真弓子には必要だった。

ところがどうしたことか、いつまで経《た》っても大河原くんの姿があらわれない。ぷしゅううぅ。ついにはドアが音を立て閉じてしまった。

一本遅いのとなるとぎりぎりアウト、遅刻は確実だ。

休みのはずはない。今日は大河原くんにとって大事な日なのだから。

「マユは見た？　そのはがき？」

クラスメイトの話はまだつづいていた。

うっさいなぁ、ほんとにもう。

「見てないよ」

「あいつがマユに見せるわけないか」

「なんでさ」

「マユはゲロサキにとってライバルなんだよ、ライバル」

「ラ」真弓子は絶句した。

「マユ、学級委員選挙であいつのこと負かしたでしょ」

なにを言いだすんだ、いったい。

真弓子はベンジャミンと出会う前、小学三年生からこれまでの八年間、人生の半分を学級委員として過ごしてきた。立候補したことは一度もない。いつもだれかしらに推薦され、対立候補がいたとしても、投票で必ず選ばれた。自分が学級委員としてふさわしいかどうかは考えたことはない。小学六年と中学三年のときは生徒会長もやらされた。去年、つまり中三は受験勉強があったので、生徒会長どころか学級委員にしたって、ほんとはやりたくなかった。だがあらがうことのできない運命のようなものだとして、受け入れた。

そして真弓子はその職務をそつなくこなすことができた。両親はそんな娘を自慢に思っている節《ふし》があった。母さんなどは親戚の集まりのあるたび、真弓子がまた今年も学級委員で、などと話していた。

おまえは人望があるんだな。

父さんが言う。

だがほんとうはそうではない、便利に使われているだけにすぎない。

高校に入ってもさっそく学級委員となった。おんなじ中学だった子が推薦したのだ。もうひとり自ら立候補した子がいた。それが藤枝美咲だ。四十人いるクラスの選挙は三十八対二で真弓子が圧勝した。真弓子は藤枝に一票投じた。あと一票はぜったい本人のはずだ。

「あれ以来、マユ、ゲロサキに目ぇつけられてるんだよ」

「でもそれって」

「逆恨《さかうら》み?」クラスメイトはうれしそうに言った。

「そうは言わないけど」

「あいつがことあるごとにマユに対抗意識燃やしているの、感じないの?」

「やだ、嘘でしょ」

「マユのそういう鈍感なとこも、あいつには腹立たしいのかもよ」

「鈍感って」莫迦《ばか》にされた気がして真弓子はおもしろくなかった。

「いくら情熱を燃やしても相手にされないんじゃ、ゲロサキもお気の毒だね。まるで片思いだ」

片思い。

その言葉に真弓子はどきりとした。

教室にいく前に、放送室へ寄った。とくに用事はない。大河原くんがいるかも、とごく淡い期待があったからだ。

今日、大河原くんは昼休みの校内放送のパーソナリティーをはじめて担当する。いわばデビューだ。受験のために引退した三年の引き継ぎのような形で、一年生がつぎつぎと校内放送にデビューしていく。放送部は総勢二十二名いた。そのうち一年は男子四名、女子三名。今日は大河原くんが校内放送を担当する。その準備で早くきたのかもしれない。だからバスに乗ってこなかった。そう考えたのである。

三階にある放送室の前で、真弓子は躊躇《ちゅうちょ》してしまった。いなかったら残念ではあるけれど、いたらいたでこまる。いや、こまることではないがやはりこまる。

ああ、もう。

覚悟を決めてドアに手をかけたときだ。

「鍵《かぎ》」背後で声がした。振り返らずとも相手がだれであるかわかった。大河原くんだ。

「かかってるだろ」

「うん。ああ」ドアのほうをむいたまま、できるだけさりげなく答えた。「だれか中にいると思って」

「いないよ。おれがいま、教員室いって、タカさんに鍵をもらってきたばっかだから」タカさんとは放送部の顧問の高木《たかぎ》のことだ。「開けるからそこどいて」

「あ、ごめん」真弓子は端に寄った。ドアの鍵はすぐに開いた。さっさと中へ入っていく大河原くんのあとを真弓子は追う。

あれ？　リュックサックだ。それも真新しい。昨日までショルダーバッグだったはずなのに。

放送室は縦にふたつ、部屋が分かれている。いまいる場所はモニター室で、防音のガラスと壁をはさんでむこう側がブースだ。大河原くんはミキサーの前にあるパイプ椅子《いす》に腰をおろした。

「カバン換えたの？」

「ああ、これ」

大河原くんはリュックサックを背中から下ろし、チャックを開いていた。

「おれ、今日から自転車通学にしたんだ。カバンもこいつに換えた」

そう言いながらCDケースを何枚かだすと、ミキサーの上へ無造作《むぞうさ》に置いた。今日、校内放送でかけるものだろう。しかし昼休みの校内放送は十五分、曲は二曲かせいぜい三曲だ。それにしてはCDの枚数が多すぎる。

「今日を境に、いろいろ変わるってわけよ。おれは」

大河原くんは笑った。笑うという行為自体を恥ずかしがっているような笑い方だ。

「がんばってね」

目がもろにあってしまった。真弓子はミキサーに並んだCDケースのほうへ目をむけた。黒人の写真のジャケットばかりだ。

「曲はなにかけるの？」

「セロニアス・モンクとかそのへん」

そのへんがどのへんかわからない。真弓子は邦楽しか聞いたことがなかった。

「Pやってくれる部長に聞かせたらさ、ジャズなんか昼休みに聞くヤツはいないわって言われてね」

Pとはプロデューサーのことだ。パーソナリティーにキューをだしたりタイムキーパーの役割をしたり、つまりは番組進行を司《つかさど》るひとである。ほんとうの放送局でこういう言い方をするかどうかは知らない。部長は夏合宿の発表会で、真弓子に激怒したそのひとである。

以前から大河原くんがジャズ好きであることは知っていた。でも真弓子は世の中の女子高生の大半がそうであるように、ジャズにはまるっきり興味がなかった。

「でもおれ、はじめて聞いていいなと思って、これから聞きだすヤツだっているかもしれないって言い返したんだ。そう思わない？」

「わたしも聞いたことないけど、聞いたら好きになるかもしれない」

思わずそう言ってしまった。なんだか大河原くんに告白をしてしまった気がして恥ずかしく思えた。

「一曲だけ部長の選んだ流行《はや》りのヤツで、残り二曲はおれが選曲することになったんだけど、まだ決まんなくて」たくさんのCDの理由がわかった。「一時間目をサボってここで曲選ぼうかと思って」

「サボって平気なの？」

大河原くんがそんなことをするとは想像がつかなかったので、思わず聞き返してしまった。

「美術のマツコー、出欠とらないだろ。それに授業中、ひとりふたりいなくても気づかないし。おれ、絵描《か》くのとか苦手だからよくサボってここにいる」

幾度《いくど》もやっている口ぶりである。真面目《まじめ》一徹だと思っていた大河原くんの意外な一面を知り、真弓子はうれしくてたまらなかった。

「あ、これ」大河原くんがリュックサックから文庫本をだした。「このあいだ、おれが話したSF。米村、読みたいって言ってたろ。貸してやる」

『スターシップと俳句』という本だった。真弓子は「ありがと」と受け取った。大河原くんの本はいつもちょっと古い。彼の母方の叔父さんのをもらったものが多く、発行日はたいがい昭和だった。

「そういや、米村、あれ受けるんだって？」

大河原くんはCDを一枚手にするとプレイヤーに入れ、ヘッドホンを首にかけた。

「あれって？」

「FM局の女子高生アシスタント」

「受けないよ。どうして？」

「だって、藤枝がさ」

「藤枝さんが？」

「ついさっき自転車置き場であいつに会って、声かけられたんだ。話すのなんか中学以来だったけどね」

そうだった。大河原くんと藤枝はいっしょの中学だったのだ。

「いきなりはがき見せられてさ。あたし、今度これ受けるんだとか言うの。おれに報告することでもないじゃんと思ってるとさ、米村さんも受けるのよって」

「う、受けないわよ」

真弓子はすぐさま否定した。

「そうなの？　でも藤枝、本人から聞いたから間違いないって言ってたけど」

どういうつもりで藤枝はそんな嘘をついたのだ？

「藤枝さん、なんか勘違いしているんだと思う」

「あいつは勘違いのかたまりみたいな女だからな。だけどそいつは残念」

そこで大河原くんは真弓子のほうを見た。また目があってしまった。今度はそらさずにがんばってみた。

「なにが残念?」

「おれが前、言ったことおぼえてない?」

「なに?」

「夏合宿んとき、米村の声をほめたろ、おれ」

真弓子は息をのんだ。

「そうだったっけ。よくおぼえてないよ」

嘘だ。一日だって忘れたことはない。寝ているとき以外は一時間おきに思いだすぐらいだ。

「マジでいいと思ってるんだぜ。なんつうか」大河原くんは自分の胸を軽く、二度叩いた。「ここに響くんだよ、米村の声って」

もう駄目だ。

真弓子は視線をそらした。それだけではすまなかった。

逃げよう。いますぐここから逃げよう。

そのとき始業のベルが鳴った。真弓子はなにも言わず、廊下へでた。そして教室へ早足でむかった。

授業中、先生の声など一言も聞こえなかった。大河原くんのことばかり考えていた。

ここに響くんだよ、米村の声って。

そんなことを言われればそうならざるを得ない。

昼休み、大河原くんの校内放送をどこで聞こうか、真弓子は迷った。クラスメイトの放送部員に、大河原くんを応援しにいこうよ、と放送室に誘われた。でもギャラリーが多くては、彼も話しづらいだろうと思い遠慮した。

屋上や校舎裏も考えたが、屋外では聞きとりづらいので、結局、教室で聞くことにした。クラスのほとんどのひとは昼食を食堂か部室でとる。近所のラーメン屋にいく不逞《ふてい》の輩《やから》もいた。ともかく教室には数名しか残っておらず、却《かえ》って静かだった。

真弓子は机の上に弁当を置いてはあったものの、鼓動が激しくて、食事どころではなくなった。ひとのデビューでこんなに緊張してしまうのだから、自分のときはどうなるだろうと心配になるほどだった。

校内放送は四時間目がおわって五分後にはじまる。

大河原くんはいま、どんな心境だろう。

ふと校庭に顔をむけると、体育館前にある桜の木の下に、藤枝が立っているのが見えた。大河原くんのことで頭が一杯で、彼女の存在などすっかり忘れていた。

「あ、え、い、う、え、お、あ、お」

発声練習だ。教室にいた男子が窓に寄ってきて、外を見た。

「またゲロサキかよ」だれかが言った。そう、いつもおかしなことをするのは藤枝だった。でもいまは勘弁してほしい。せっかくの大河原くんのデビューをぶちこわしにする真似はしないで。

「か、け、き、く、け、こ、か、こ」

真弓子は立ちあがり、教室をでた。

桜の木の下へむかいつつ、自分はなにをするつもりなんだ、と真弓子は思った。

「は、へ、ひ、ふ、へ、ほ、は、ほ」

藤枝は発声練習をつづけたままだ。ふたりのあいだが二メートルほどのところで、真弓子は立ち止まった。そして「いいかな?」と声をかけた。

そこでようやく藤枝は発声練習をやめた。

「なに?」

「わたし、ほんと受けないから」

宣言するように言う真弓子を、藤枝はじっと見ているだけだった。いやな目つきだった。スピーカーからジャズらしき曲が流れてきた。それがセロニアス・モンクなのかどうかは真弓子にはわからない。たしかに昼日中、校内に流れるような曲ではなかった。

「あたしプロになるの」藤枝が言った。「あんた達がやってるのは、仲間内のなれあいのゴッコ遊びでしょ。あたしはちがう。あたしは本物になるんだ。だからじゃましないで。あっちいってて」

そして、しっしっ、と猫でも追い払うような手つきをした。真弓子は腹が立ってならなかった。

「真剣よ。みんな真剣にやってるわ」

大河原くんの声が聞こえる。ふだんとちがう硬い口調だった。あがっているのがはっきりとわかった。自分の名前を言うだけなのに、彼は二度、とちったのだ。

「あれが?」と藤枝は大河原くんのとちりを笑った。「とても真剣にやっているようには思えないわ」

真弓子は全身が熱くなるのがわかった。

「わたし、あなたがきらいよ」

「学級委員らしからぬお言葉。きらいでけっこう。あたしもあなたがきらい。お互い様ね」

部活がない日でも放課後、放送部員は放送室にたむろうことになっている。義務というか慣習のようなものだ。めんどくさがるひともいるが、真弓子にすれば大河原くんに会う機会が多くなるのだから、むしろありがたい。

放送室のドアを開いた途端、拍手で迎えられ、真弓子は面食らった。

「な、なんですか、いったい」

狭い部室に部員がほぼ全員いるようだった。大河原くんの姿もある。しかし彼のほうばかり見てはいられない。

「米村さん」激怒部長だ。いまは激怒していない。穏《おだ》やかに笑って、手招きしている。

「先生の前にいらっしゃい」

彼女のとなりに顧問の高木がいた。パイプ椅子に足を組んで座っている。年齢は三十歳前後、独身。担当の科目は国語。女子のあいだではジャニーズの某《なにがし》に似ているというひともいるが、はたしてどうだか。真弓子はジャニーズにも高木にも興味がなかった。

「は、はい」

わけがわからないまま、真弓子は部長の言葉に従った。

「米村さ」高木が口を開いた。「おまえ、いま地元のＦＭ局で番組のアシスタントをする女子高生を募集してるの、知ってるか」

「藤枝さんが受けるとかいう？」

「藤枝が？」真弓子の答えに高木は目を瞬《またた》かせた。

「先生、ご存知なかったんですか」そう言ったのは部長だ。「藤枝さん、昨日から局から返信されたはがきを持って、あっちこっちで言いふらしてますよ」

「だから昼休みに発声練習とかしてたのか」

　高木は独り言のように言ってから、「いや、あのな。じつはそこの局のディレクターに、佐田《さた》っていうのがいるんだ。大学時代、アナウンス研究会でいっしょだったヤツなんだけどさ。そいつが昨日、家に電話してきてね。アシスタントを募集中なんだけどロクなのが集まりそうにない。放送部でよさそうなのいたら推薦してくんねぇかって言われたんだ」

「藤枝はロクなのじゃなかったわけだ」

　部員のひとりが言い、みんなが笑った。高木もうっすら笑っている。笑わなかったのは真弓子だけだ。藤枝はきらいだ。だからといって笑い者にする気はない。大河原くんを盗み見ると、彼も真顔《まがお》のままでいた。

「どうだ、おまえ」

「なにがでしょう」

「アシスタントだよ」

　高木が言いたいことを理解するまで、真弓子は数秒、要した。

「わ、わたしですか？　む、無理ですよ。放送部でだってまだデビューしていないのに」

「うぬぼれないで、米村さん」部長に叱られてしまった。「オーディションを受けてらっしゃいっていうだけのことよ」

「え？　あ、そうなんですか」

「アシスタントは最低一年やることになるんだ」高木が説明をくわえた。「そうすると二年生に来年の今頃までやらすわけ、いかないだろ。で、一年ということになる」

「だったら」

一年の女子はもうふたりいる。真弓子は並んで立っている彼女達に目をむけた。

「ごめん、マユ。あたし、オーディションの日、イトコの結婚式なんだ」

「あたし、毎週日曜、習い事があるから」

「番組は毎週日曜でね」と高木が言う。

「あ、はあ」

「いい？　米村さん。あなたは我が放送部を代表することになるんですからね」

部長がにじり寄ってきた。激怒はしていないが、激怒したときの表情だ。

「で、できる限りの努力は」

「できる限り以上の努力をしてもらわなくちゃいけません」部長は真弓子の両肩をつかんできた。痛い、と声をあげそうになるほどの凄《すご》い力だ。「オーディションは今度の土曜日。それまで毎日、わたしがマンツゥマンで特訓してさしあげます」

「え、いや、あの」

イトコの結婚式？　毎週日曜に習い事？

嘘だ。部長がこうなることを見込んで、でっちあげた嘘だ。わたしもなにか嘘をついて断ろう。どんな嘘がいい？　毎朝、犬の散歩があるので。いや、だからどうした？　嘘じゃないし。

　気づくと部長は真弓子の右手首をつかんでいた。

「まずは基本の発声練習からはじめるわ。いいわね」

「は、はい」

　わたしったら、元気よく返事しちゃってるよ。たはは。

　練習は部活でも利用する視聴覚教室でおこなわれた。部長は天気予報やニュースなどの原稿も準備をしていたが、そこまで至らず、ほぼ三時間、発音と発声の練習に終始した。

「今日はこのへんにしておきましょうか」

　七時をまわったとき、部長がそう言った。

「ありがとうございました」

　やれやれ。ようやく解放された。いや、待てよ。部長は帰る方向がいっしょでバスを利用している。となると帰り道にバスの中で、あれこれ言われるかもしれない。いやだなぁ。

「米村さん」

「な、なんでしょうか」

「あなた、さきに帰っていいわ。わたし、明日のデビュー戦もPなのよ。放送室で準備しなくちゃいけないことあるから」

「そ、そうですか」安堵《あんど》のため息がでかけたのを真弓子はおさえた。「なんでしたら、その、なにかお手伝いしましょうか」

心にもないことを言ってしまう。

「いいわよ、べつに。あなたは家に帰って、今日のおさらいをしてちょうだい」

「は、はい」

「いろいろたいへんだとは思うけど、せっかくのチャンスなんだからがんばらなきゃ。ね?」

部長の表情はとても寂《さび》しげだった。

ほんとは部長自身が今回のオーディションを受けたいんだよな、きっと。

しかし一年生でなければ駄目だと高木に言われてしまった。そして自らの夢を真弓子に託すことにした。よりによって、自分を激怒させた人間にだ。

わたしが逆の立場だったら、と真弓子は考える。こんなヤツ、落ちてしまえばいいと放っておくよ。ところが部長はそうじゃない。マンツゥマンで特訓し、オーディションに合格できるよう、サポートしてくれている。その熱意をありがた迷惑と邪険にできやしない。できればわたしもがんばりたい。でもなぁ。

別れ際に見せた部長の表情を思いだし、真弓子は胸がちくりと痛む。

べつにアナウンサーになりたくて、放送部に入ったわけではない。真弓子は運動が苦手なので、必然的に文化部に限られてくる。手先は性格といっしょで不器用なので裁縫部は無理、音楽のセンスはないのでブラスバンド部も軽音楽部もハナからナシ、絵心はないので美術部や漫画研究部もパス、理数系はからきしなので化学部や天文部も駄目、書道部や茶道部もありかなと見学にいったところ、男子がいなかったのでこちらから遠慮し、いきついたのが放送部だっただけのことである。これは真弓子に限ったわけではない。放送部員の九割方が似たり寄ったりの入部理由だ。そしてまた高校を卒業後、東京の大学なりに通ったとき、恥をかかないよう、いまのうちに訛《なまり》のアクセントをなおしておこうと思っているくらいの連中だ。

あんた達がやってるのは、仲間内のなれあいのゴッコ遊びでしょ。

昼休みに藤枝が言っていたことは的《まと》を射ている。みんな真剣にやってると言い返したものの、あれは嘘だ。真剣にやってるのは部長くらいのものだ。

自分もそうだと真弓子は思う。

そんなわたしがどれだけ努力したって限度がある。できる限り以上の努力なんて無茶ってもんだ。

ちくり、ちくり。

胸が痛くてたまらない。

今週は部長におつきあいしよう。大変だけどわたしにできるのはそれくらいだ。

「よぉ」

校門をでたところに大河原くんがいた。自転車にまたがる彼はパーカにジーンズだった。

「ど、ど、どうしたの？」

わたしを迎えにきてくれた？　まさか。そんなはずあるわけない。

「母親に頼まれた買い物の帰り」自転車のカゴにはねぎの頭がとびでたレジ袋があった。

「放送室に灯《あか》りが点《つ》いてたからさ、おやと思って、自転車停めたとこ」

「あ、ああ」

「あれからずっと部長とマンツゥマンで？」

「あ、うん」

「がんばれよ」

「ありがとう」

「礼には及ばぬ」

なにか言うべきことがあったはずだ。なんだっけ。そうだ。

「デビューおめでとう」

「ぼろぼろだっただろ」

「そんなことないよ、いい感じだったよ」

「励まされると余計、落ち込む」

　えぇぇ、落ち込まないでよぉ。

「セロニアス・モンク、よかったよ」

「かけてないよ」

「え？」

「セロニアス・モンク、結局、かけなかったんだ」

「でもオープニング、ジャズだったでしょ？」

「あれはチャーリー・パーカー」

「そ、そうなんだ」

　つぎになにを言っていいのか思いつかない。真弓子の頭は真っ白になった。

「乗ってく？」

　一瞬、大河原くんがなにを言っているのか、わからなかった。

　自転車のうしろに乗れってこと？　え、まさか、今朝のは正夢？

　ところが真弓子は首を横にふっていた。

「い、いいよ」

そんなこと、言わないでさ。乗ってけって。

夢の中の大河原くんはそう言ってくれた。しかし現実はこうだった。

「あ、そう。じゃ」

大河原くんは自転車をこいで、さっさといってしまった。真弓子はひとり、その場に立ちすくみ、彼の背中を見送るよりほかできなかった。

やあやあ、どうもどうも。お帰りなさい。遅かったですねぇ。お待ちしてましたよ。

家に帰ると玄関の前でベンジャミンが出迎えてくれた。

どうしました、暗い顔しちゃって。真弓子さんらしくありませんよ。なんかありましたか？

「いろいろあったわ」

それはご苦労様です。できれば相談に乗ってさしあげたいのですが、あいにくぼく、犬でございまして。

「ねぇ、ベンジャミン」

なんでしょう？

「わたしはいつになったら真剣になれるんだろうね」

ベンジャミンは真弓子から視線を外し、夜空を仰《あお》いだ。
真剣になれるものが見つかったときですよ。決まってるでしょ。
なるほど。おっしゃるとおり。
真弓子はベンジャミンとおなじ方向に目をむける。
ならばいったい、わたしはなにに真剣になれるというのだろう。

②

真弓子は凹《へこ》んでいた。どれぐらい凹んでいたかといえば、もう学校なんかいきたくなかったし、家からどころか布団《ふとん》の中からだってでたくないぐらいだった。ここ最近、目が覚めるとそうした気分にさらされていた。だがそれをベンジャミンの吠《ほ》え声が見事に打ち砕く。

なにやってんですかぁ。ねえ、早く起きてくださいよぉ。朝ですよ、あぁぁぁぁさぁぁぁ。すぅばぁらしぃい、あさがきたぁ、きぃぼうぉぉのあぁぁさぁぁぁが。

真弓子はジャージに着替えて外へでた。

おはようございますおはようございますもひとつおまけにおはようございます。

「うるさいよ、あんたは」

大歓迎するベンジャミンを真弓子は叱《しか》った。叱ってきく相手でないとわかっていてもだ。

すいませんすいませんもひとつおまけにすいません。ささ、散歩いきましょ散歩。

犬小屋の脇の杭《くい》に結んである紐《ひも》を外し、ベンジャミンを自由にしてやった。ベンジャミンの自由は真弓子にまとわりつくことだった。

ひさしぶりですね、どうもどうも。

「あんた、昨日の夜中も散歩したでしょ。あれから八時間も経《た》ってないわよ」

八時間ですか。八時間も会ってませんでしたか。長かったなぁ、八時間。

「いいからいくわよ、散歩」

そうだそうだ、散歩だ散歩。浜辺いきましょ浜辺。えへへへ。えへええへ。

舌をだして息継ぎをするとき、ふつうの犬であれば、はあはあ、なのに、ベンジャミンはちがった。えへへえへ、と言ってるようにしか真弓子には思えない。

えへええへえへへへへ。

「ほんと、きみには感謝してほしいよ」

さきをいくベンジャミンにむかって、真弓子は声をだしてそう言った。

えへ？　なんですか？

ベンジャミンがふりむいた。とても感謝をしている顔つきではない。

「なんでもないわ。ベンジャミン」

ああ、そうですか。えへええへへへ。

しばらく歩くとベンジャミンはもう一度、うしろを歩く真弓子を見た。

だいじょうぶですかぁ。ちゃんとついてこれてますぅ？

「平気よ。さっさといきなさい」

今日もいいお天気ですねえ。

五月も中旬になると、朝の五時半はじゅうぶん明るい。眩《まぶ》しい陽射《ひざ》しの中をベンジャミンは海へむかってひょこひょこ歩いている。

ベンジャミンは犬らしくない犬だった。間違いなく姿格好は柴犬だし、ドッグフードだって食べる。でもなんかちがう。たとえばこうして散歩をしていて、他の犬とすれ違うとしよう。相手の犬が凄《すご》い勢いで吠えてきても、ベンジャミンは吠え返したりしない。かといって及び腰で逃げたりもしない。

そういきりたつこともないでしょう。ほら、あなたの飼い主がこまってますよ。およしなさい、およしなさい。

諭《さと》すようにそう言っている気がしてならなかった。それでも相手が吠えつづけていると、真弓子のほうを見て、どうしたもんですかねえ、ぼく、犬苦手なんですよねえ、と薄笑いらしき表情をする。二本足で立っていれば前足で肩をすくめているところだ。

じつに人間くさい。

「ねぇ、ベンジャミン」

はい？

「あんたさぁ。ほんとはどこかの国の王子様ってことない？　名前はベンジャミン某《なにがし》でさ。魔法かなにかで柴犬にされたんじゃないの？」

ぼくが王子様？　へへ。ご冗談を。

「王子様じゃなきゃ、近衛兵《このえへい》とか」

なんです？　近衛兵って。

「わたしもよく知らないけど。柴犬近衛兵ベンジャミン」

ぼく、そろそろ浜辺に降りてもいいですかね。

飼い主のヨタ話になどつきあっていられない。ベンジャミンはそんな顔になっていた。

「いいわよ」真弓子は首輪から紐を外した。

そいじゃいかせていただきます。真弓子さんはそのへんに適当に座っててください。時間になったら呼んでくださいね。ひとりでいなくなっちゃ嫌ですよ。

「いままでそんなことしたことないでしょ」

そうですね。あと、なにかあったときもお呼びください。まあ、そのときはあんまりお役に立てないかもしれませんけども。えへへへ。

「いいから早くいってきなよ」

はいはい。いってきます。

砂浜へ駆け降りていくベンジャミンの姿は、いまいち覇気がない。勢いに乏《とぼ》しく、なおかつ一生懸命さに欠けている。四本足で走るのがとてもめんどくさそう。途中から前足二本をあげ、後ろ足二本で走りだしても、真弓子は驚かない自信があった。やっぱりね、と思うぐらいだ。

わたしもベンジャミンのことは言えないよな。

ベンジャミンが犬らしくない犬であるように、真弓子もまた女子高生らしくない女子高生だった。一年と一ヶ月半、女子高生をやってきての結論だ。

真弓子は砂浜で体育座りになる。波打ち際を歩くベンジャミンは、ときどきうちよせる大きな波にも動揺はしない。といって悠然としているわけでもない。所在なげにとぼとぼ歩いているだけだ。

わたしはなにかな。女子高生ではない、ほんとうのわたし。ラジオ番組のアシスタントをしているときが、ほんとのわたし？　まさか。あれこそわたしじゃない。

そこでまた月曜日に起きたことを思いだし凹んだ。

真弓子は地元のFM局で、『ドラッグ小川《おがわ》のエクセレントサンデー』という番組のアシスタントをしている。日曜三時からの生放送で今日もいかねばならないのだが、じつは先週、番組内で余計なことをしてしまった。たいしたことじゃない。お便り募集のコメントの際、ふざけて、「ヨ・ロ・シ・ク・ネ」と最後にはハートマークがつく感じの甘えた声をだしたのだ。

　翌日、学校へいくと、それは思いのほか大反響だった。クラスではみんなに囲まれ、やってやって、とせがまれもした。そうなると嫌な気もしないので、何度となく「ヨ・ロ・シ・ク・ネ」と繰《く》り返した。

　放送部でも一年の女子達に「ヨ・ロ・シ・ク・ネ」の言い方を伝授してくださいとねだられた。つい調子に乗って、左肩を前にだして、とか、顎《あご》に人差し指をあてて、などと余計なことも付けくわえだした。これまた大受けで、それをまた男子がやったりして、部室は爆笑の渦《うず》となった。

　そのときだ。

「いい加減にしろ」大河原くんだった。「そんなことしてなにがおもしろいんだ」

「おもしろいじゃん」

　二年のだれかが言った。大河原くんは声のしたほうをにらみつけてから真弓子を見た。これほど怒っているひとを、真弓子はそれまで見たことがなかった。真っ赤だ。目は吊《つ》りあがり、鼻息は荒かった。

　走れメロスだ。メロスは激怒した、だ。激怒部長よりも怒りが激しい。

「ご、ごめんなさい」

　真弓子は蚊《か》の鳴くような声であやまってしまった。大河原くんはなにも言わず、その場を去っていった。

それから一週間経つ。大河原くんは部活にこなくなった。

真弓子は大河原くんが好きだ。このことをだれかに話したことはない。友達どうしで好きなひとの話になったときは、バスケ部のキャプテンとか、水泳部の某といったみんなの憧《あこが》れの的《まと》である人物を挙げて、その場をしのいだ。そして他の人が大河原くんの名前をだしやしないかとどきどきしていた。幸いにしてこれまで大河原くんが好きだという女子はいなかった。ほっとする反面、物足りない気分にもなった。

いま真弓子は大河原くんが好きなモノを好きになろうと努力している。彼から借りたジャズのCDを聞き、SFの本を読む。それらが退屈でつまらない場合は自分を責めた。恋の成就《じょうじゅ》には遠回りをしているようだが、真弓子は他に手だてが思いつかなかった。

はっきりと自分の気持ちを伝える？　それができればこんな苦労はしない。

しかしその大河原くんに怒られてしまった。凹んだ。とても凹んだ。もうジャズも聞かない（すぐ眠くなる）。SFも読むものか（よくわからないのが多かった）。

でも大河原くんをきらいになることはできなかった。

昨日、部活がおわったあとだ。

「米村さん、いっしょにきてくれない？」

激怒部長に呼び止められた。部員達のほとんどが素知らぬ顔をしつつも、真弓子に目をむけているのがわかった。

「は、はい」

そのまま、最上階の女子トイレに連れていかれた。真弓子の気分としては連行された、といったところだ。

「大河原くんのこと」

「あ、はい」

「彼、どういうつもりだろ?」

そんなのわたしだってわかんないよ。っていうか、わたしがいちばん知りたい。

「このまま辞《や》めたりしないよね?」

「それはないと」どうだろう。辞めちゃうのかな。

「来月にはつぎの部長、決めなくちゃならないでしょ。できれば大河原くんを推薦したいのよ」

次期部長は三年生が協議して決める。その際、現部長の意見が通ることが多い。

「大河原くん、このあいだの『ドラッグ小川のエクセレントサンデー』のことで怒ったそうだけど、どうなの? ほんと?」

「え?」そうか。あの場には部長はいなかった。「いえ、あの」ちがいます、と言いかけたものの、真弓子は口をつぐんだ。

このひとも怒っているかもしれない。

真弓子がオーディションに合格したことを、部長は我が事のようによろこんでくれた。お祝いと言って駅前のサーティワンアイスをおごってくれたほどだった。我が放送部の名を汚《けが》さないよう、がんばってちょうだい。

そう言われもした。先週の放送はまさに我が放送部の名を汚す行為だったのではないか。

「反省します」

「え?」

「二度とあんな真似、しません」

「あんな真似って」部長は小さく息を吸ってから「ヨ・ロ・シ・ク・ネ」と言った。「これのこと?」

意外や意外。女らしさや色気とはほど遠い存在だと思っていた激怒部長は、真弓子よりも甘えた声をだせていた。

「そ、そうですが」

「あたしはいいと思ったわ」

「ほんとですか」

「こんなことで嘘ついてもしようがないでしょ。ラジオで聞いたとき、よくやった、米村さんって膝《ひざ》を打ったくらいだもの」

「ありがとうございます」

「しかしこんなことくらいで怒るだなんて、大河原くんもケツの穴の小さい男だよねぇ」
ケ、ケツ？　それも穴？
「あなた達、つきあってるの？」

いきなり、なにを言いだすんだ。

「つ、つきあってませんよ」

「白状しちゃいなよ。うち、部内恋愛は禁止してないからさ。放送室で妙なことさえしなきゃ」

妙なことをしたひとがいるのだろうか。

「ほんと、ちがいます」

「おっかしいなぁ。あたし、こういうことに関しては勘が働くはずだったのになぁ」

「どういうことです？」

「あなたと大河原くん、去年の夏合宿以降からつきあってると思ってたのよ。ほら、大河原くんのデビュー戦、あたしがPだったでしょ。打ち合わせをすると、彼、あなたの話ばっかしてたし。なんだ、つきあってなかったのかぁ」

大河原くんはわたしのことが好きなのだろうか。

わからない。真弓子には本人にたしかめる勇気はない。

たとえそうであってもだ。今回のことで大河原くんはあたしのことがきらいになったにちがいない。ぜったいそうだ。あんなに怒ってたもの。莫迦《ばか》なことをしちゃったなぁ。まったくもってやれやれだよ。

真弓子は砂浜に寝そべった。そんな彼女の顔を柴犬近衛兵がのぞきこんできた。

「なに？　ベンジャミン。もう自由行動に飽《あ》きたの？」

どうしました、冴《さ》えない顔して。

「なんでもないわ。どうでもいいこと」

ベンジャミンにしては珍しく、思慮深い表情で、真弓子を凝視《ぎょうし》していた。

「どうかした？」

真弓子さんがどうでもいいって言うときは、どうでもよくないんですよね。

家に戻ってから真弓子はリビングのソファに横たわり、うつらうつらしていた。すると玄関口から母さんの声が聞こえてきた。

「そうなのよぉ。毎週でているの。高校の放送部の中から選ばれてね。オーディションは三十人が受けたのよ。三人じゃないわよ、三十人。三十倍の狭き門よ」

オーディションに合格して、部長より喜んだのは母さんだった。おめでとうと赤飯まで炊《た》いてくれた。おとなになったあのときだって、炊かなかったくせにだ。

「だからあなたも聞いてちょうだい。今日よ、今日。毎週日曜日の午後三時から一時間。『ドラッグ小川のX線サンデー』」

エクセレントサンデーだよ、母さん。

「地元のFM局よ。入らない？　そんなことないわ。うちはじゅうぶん入るもの、あなたのとこだって入るはずよ。なんだったら録音しているからテープ送るわ。遠慮しないで」

真弓子はむっくり起きあがりリビングをでた。それからとなりにある台所に入ると父さんがいた。

「いたの？」うっかりそう言ってしまった。

「おれの家だ。おれがいちゃいけないか？」

父さんは食卓に座り、文庫本を読んでいた。真弓子の目にはそれは不思議な光景だった。日曜日でも仕事にでかけることが多かったし、本を読む姿も稀《まれ》だ。

「いけなかないけど」

真弓子はジャージ姿のままで朝食の準備をはじめた。とはいってもパンをトースターに入れるだけだ。少し迷ったが、父さんの真向かいに座った。食卓にあった新聞を広げる。

アシスタントをするようになってから、新聞を読むようになった。番組の中で時事ネタがそうそうあるわけではない。でもさすがになにも知らないというのはまずい気がするのだ。打ち合わせの最中、ドラッグ小川やディレクターの佐田と話をあわすのにも役に立つ。

「どうだ?」

父さんの声がした。新聞から顔をあげると、父さんは本を読んだままでいた。

「なにが?」

「ラジオのことだ」

これまた珍しい。父さんがそのことについて真弓子に話すのは二度目だ。一度目はオーディションに合格して、やっていいかどうか訊《たず》ねたときだ。ベンジャミンの世話をすればいい、というのが答えだった。

「おもしろいよ」

「自分だけおもしろがっているようじゃ駄目だ。仕事っていうのはそういうもんじゃない」

説教ですか。お言葉ですがお父様、これは仕事ではありません。お金をもらっていないのでバイトですらございませんことよ。だからこそ学校には認可してもらえたわけですし。

「聞いてくれてるひとにも、おもしろがってもらおうと思ってやってるよ」

「だがやり過ぎも駄目だ。ひとに媚《こび》を売るようなことをするのは最悪だ」

先週の放送のことを言ってるんだな。

ここでまた叱られるとは思ってもいなかった。

でも親だったら当然か。

母さんはおもしろがっていた。あんたにあんな才能があるとは思ってなかったわと言われた。

あれを才能って言われてもなぁ。

「わかってるよ」

自分でも思っていなかったほど、強い口調で言ってしまった。父さんが本から顔をあげた。目を見開いている。

「わ、わかっているんだったらいい」

チィイン。パンが焼けたことをトースターが音を鳴らして知らせた。真弓子は立ち、冷蔵庫からマーガリンをだした。

「おまえ」父さんがふたたび話しかけてきた。「将来、アナウンサーにでもなる気か」

どこの大学を受けるかもまだ決まっていないのだ。将来と言われても正直、こまる。

「おれは反対しないからな。おまえがそういう職業、就《つ》くことに関して」なにを突然言いだすのだ、このひとは。「でもな、媚を売るのはいかん。媚を売ったらおしまいだぞ」

おでかけですか。ぼくもいっしょにいっていいですかね。

身支度《みじたく》をして家をでると、ベンジャミンがまとわりついてきた。

「駄目よ」

あっ、今日は日曜日ですか？　では真弓子さんのラジオの日ですね。そっかぁ。楽しみだなあ。

「嘘おっしゃい、ベンジャミン。あんた、いつもその時間は昼寝でしょ。あたしがでてる番組なんか聞いてないでしょ」

えへへへ、そりゃそうですけどね。

「おまえ、だれとしゃべってるんだ？」

縁側にいた父さんに妙な顔をされてしまった。

だれってぼくしかいませんよねえ、真弓子さん。

「独り言よ」

娘の答えに父さんは納得をした様子ではない。だがそれ以上触れず、「車、乗せてってやってもいいぞ」と言った。

「いいよ。交通費はもらってるもん」

真弓子の住む町から、ＦＭ局へいくには県庁所在地の駅までＪＲでいき、市電に乗り換える。

父さんに車に乗せてもらえばそのぶん、交通費が浮く。でも二両編成の小さな車両に乗ることが真弓子のひそかな楽しみだった。高二にもなって市電に興奮するなんて、と自分でも思うが、好きなものはしようがない。ここのところ日曜のこの時間には必ず利用している。案外混んでいることに、はじめは驚いた。今日は晴れているからまだしも、雨が降るとぎゅうぎゅうだ。それでも会社は赤字経営で、廃止の噂は浮かんでは消えている。なくなってほしくないなあ、と思いつつ、乗車口で百三十円を払い、車両の奥へ進んでいった。

「もうまもなくハッサです」と車内アナウンスが流れる。ハッサは発車のはずだ。滑舌《かつぜつ》がよくないな、と真弓子は余計なことを思う。

トートバッグから文庫本をだす。今日、番組で紹介し、朗読をする予定になっている小説だ。

父さんが朝読んでた本、先週紹介したヤツだったな。

それを指摘してもよかったが、なぜかできなかった。

言ったほうがよかったかな。でもどうだろ。べつにおまえが紹介したから読んでるわけじゃないとかなんとか、言いそうだもんな、あのひと。

本を開くと「学級委員」と声が聞こえ、どきりとした。真弓子のことを名前ではなく、そう呼ぶひとはひとりしかいない。

「学級委員」もう一度声がした。「こっちよ」

奥の席に藤枝美咲、通称ゲロサキが座っていた。真弓子は制服だが、藤枝は水色のワンピースを着ている。まあ、それはいい。彼女のとなりにはギターケースがあった。

藤枝がギター？

「ここ、空《あ》いているよ。座んなよ」

ここ、とはギターケースが立てかけてある席のことだ。とてもじゃないが座れたもんじゃない。そのとなりに座るおばあさんが苦い顔をして、真弓子をにらんでいる。

この子、あなたの友達？　なんとかしてちょうだい。

おばあさんの目ははっきりとそう言っていた。真弓子は視線をそらした。

すいません、わたし、この子の友達じゃないんです。それになにを言ったところでできる相手じゃないんで。

「座んなよ」藤枝はもう一度そう言った。「学級委員ってば」

たしかに真弓子は二年でも学級委員になった。藤枝はおなじクラスになったものの、今回、彼女は立候補しなかった。それどころか真弓子を学級委員に推薦したのは藤枝だ。ただしけっして好意をもってのことではなかった。

どうせだれも学級委員なんかやりたがるひとなんかいないでしょ。だったら、ここは小学校三年からずっと学級委員をやってる、いわば学級委員のプロ、米村さんに決めちゃったらいいんじゃない？　投票も面倒だから挙手ってことでさ。

日頃、藤枝を蛇蝎《だかつ》のごとくきらっていながら、クラスのみんなはこの意見に賛同した。

マユはゲロサキにとってライバルなんだよ。

以前、友達に言われたことを真弓子は思いだす。藤枝は、このアシスタントのオーディションを受けたものの、あえなく不合格だった。

「い、いいよ。わたし、すぐ降りるし」

「すぐ？」藤枝はいぶかしい顔で真弓子を見あげた。「市役所前で降りるんだ。今日、日曜日だもんね。でもあの番組、二時からじゃなかったっけ？」

「三時」

「なのにもういくの？」

「打ち合わせあるから」

「一時間の番組に三時間も打ち合わせが必要なんだ。大変だねぇ」

感心しているのではない。皮肉にしか聞こえない口ぶりだ。

どうしてこの女はこうもひとを嫌な気分にさせることができるんだろ。ある意味、感心するよ。

「べつの番組で、ないのかな」ハッサしまぁす、と電車が動きだした。「オーディション」

上目遣《うわめづか》いで媚《こ》びるような表情の藤枝に、真弓子はぞっとした。つい二時間ほど前の父さんの言葉を思いだす。

媚を売ったらおしまいだ。

「訊《き》いといてよ、ディレクターの佐田さんに」知り合いのような気安さで言う。だが藤枝が佐田に会ったのは、オーディションのときの一度きりのはずだ。

訊いてどうする。オーディションをするとわかったら、わたしから藤枝に伝えねばならないのか。それはそれで気が重い。

だが真弓子は「うん、わかった」と答えておいた。

市役所前まで十分とかからない。しかし市電はいつもよりもスピードが遅い気がした。もちろんそんなことはない。藤枝とむかいあっているから、時間の流れが遅く感じられるのだ。

あんた、わたしのこと、きらいって言ってたじゃない。さきにきらいって言ったのはわたしだけど。きらいならきらいで、話しかけたりしないでほしいものだよ。

「これ」藤枝がギターケースを指さした。「はじめたんだ」

「あ、ああ。ギター」

「ベース」

どっちだっていいよ。あんただったらケースの中にライフルが入っていてもおかしくない。

「ほんとはギターやりたかったんだけどね。メンバーで、もうギターしてるひといて」

「メンバーって」真弓子はうっかり聞き返してしまった。

「音楽雑誌見てたら、この町でバンドのメンバー募集してるの見つけてさ。それ応募したの。今日、これから練習なんだ」

「へえ」真弓子は迂闊《うかつ》にも感心してしまった。「前からそういうの、興味あったの?」

「まあね」

ぶっきらぼうに答える藤枝の顔は赤らんでいた。照れているのか、怒っているのか、さだかではない。その両方のようでもあった。

なんだ、この子、案外、ふつうじゃん。

「藤枝さんの書いた詩に曲をつけてくれるひと、見つかるといいね」

真弓子は言ってみた。

ムッとされたらどうしよう。べつにいいや。どうせきらいあってる仲だし。

ところが藤枝の反応は意外なものだった。ぱっと顔が明るくなったのだ。

「あたしの詩、おぼえていてくれたんだ」

いや、おぼえてはないよ。早口でなに言ってるかわかんなかったし。

しかし藤枝に気圧《けお》され、「ぜんぶじゃないけども」と口にしてしまった。すると藤枝は膝に置いていたバッグを開き、小冊子をとりだした。表紙には『藤枝美咲全詩集』とあった。

「あげる」

いらない。

「あ、ありがとう」

「いま読まないで。恥ずかしいから」

このさきずっと読むつもりはない。それでも真弓子はトートバッグにそれを入れた。

「バンドって、もうけっこう練習してるの？」

「今日、はじめて。ベースは昨日買ったばかり」

真弓子の頭の中に、前途多難という四文字が浮かびあがった。

わたしがいっしょにバンド組むわけじゃないんだ。心配することないじゃない。しかしこの子をメンバーに受け入れるなんて、よほど度量が大きい人達である。

そう思い、真弓子は「メンバーってどんな人達なの？」と訊ねた。

「大学生とか半プロのひとでね、あたしは紅一点」

なんか自慢げだ。紅一点が自慢のポイントか。

「この町じゃしょっちゅうライブやってて、東京にも月に一度いってるのよ」

これまたさらに自慢げ。今度のポイントは東京にあるらしい。

「そうなんだ」と真弓子はあっさり言った。それが藤枝には不満だったようだ。

「メジャーデビューの予定だってあるんだから」

恐れ入りました、とひれ伏せとでもいうのか。真弓子は後悔しだした。余計なこと訊いちゃった自分が悪い。やっぱこの子はふつうじゃない。

「凄いんだね」

真弓子はがんばって世辞めいたことを言ってみた。

わたしにはこれが精一杯だよ。これで勘弁してよ。

「そうよ。あたし、凄いんだから。あんたなんかどうせ地方のFM局のアシスタント風情《ふぜい》じゃない」

いきなりの癇癪《かんしやく》に真弓子は唖然《あぜん》とした。

なんだよ。さっきはオーディションがないかって言ってたくせに。

ギターケース（中身はベースだったか）に迷惑顔だったおばあさんが、同情気味な目で真弓子を見ていた。

「あんたなんかね、せいぜい地元どまりよ。ヨ・ロ・シ・ク・ネってせいぜい媚売って生きてればいいわ」

はあ。市役所前で降りて、真弓子はため息をついた。

「ねえ、あなた」停留所で立ちすくむ真弓子に、藤枝のとなりにいたおばあさんが声をかけてきた。

「あ、はい」藤枝のことでなにか文句を言われるのかと身構えてしまう。

わたし、あの子の友達でもなんでもないんですよ。

だがそうではなかった。

「もしかして、あなた、ヨネちゃん?」

真弓子をヨネちゃんと呼ぶのはドラッグ小川だけだ。あるいはリスナーからの手紙かファクシミリである。

「そ、そうですけど」

「わぁぁぁぁ」おおげさな声をあげながら、おばあさんは手を叩《たた》いた。「声聞いたとき、そうかしらと思ったの。うれしいわぁ。毎週、聞いてるわよ、X線サンデー」

このひともか。ある程度の年齢を越した女性にはエクセレントがX線に聞こえてしまうのかしら。これ、今日、オープニングでしゃべっちゃおっかな。

「ありがとうございます」

「いつも声だけ聞いてて、どんな子かなぁって想像してたのよ。でもここまでどんぴしゃりだとは思ってなかったわぁ。お声どおりの可愛《かわい》らしい顔」

真弓子は自分の頰《ほお》が緩《ゆる》むのがわかった。

「可愛いだなんて、そんな」

「お世辞じゃないから。ほんとよ。握手してちょうだい。あ、それより」おばあさんは持っていたバッグから『写ルンです』をとりだした。「ゴールデンウィークんときの残りがまだ一枚余ってるの。このままだしちゃおうかと思ってたんだけどよかったわ」

そしておばあさんは道ゆく大学生らしき男性をつかまえ、「お願いしていいかしら」と『写ルンです』をさしだした。「使い方わかる?」

「は、はあ」

「この子とわたし、並んでるところ、撮《と》ってほしいの」

困惑しつつも男性は、「はい、チーズ」と言って、真弓子達を撮ってくれた。

「どうもありがと」『写ルンです』を返す男性におばあさんは「あなた、この子、だれだか知ってる?」と訊ねた。

「さ、さあ」

「X線サンデーのヨネちゃんよ。あなたも握手してもらったら?」

結局、真弓子はその男性と握手する羽目《はめ》になった。

「写真、現像したら、局に送るから」男性が去ると、おばあさんは『写ルンです』を元に戻しながら、そう言った。「あなたもたいへんねえ。市電の中でヘンな子にからまれてたでしょう」

藤枝はだれがみてもやはりヘンなのか。

「彼女はその」学校の友達です、というのがなんとなく憚《はばか》られた。

「あんなの気にしちゃ駄目よ」おばあさんは真弓子の両手をがっしりとつかんだ。「がんばりなさい」

市役所のとなりに、ひらがな三文字の銀行がある。その角を曲がってしばらく歩くと薬局がある。四階建てのビルでその二階がＦＭ局のスタジオだ。

オーディションにきたときは、ほんとうにここかと不安にかられたものだ。放送部の顧問の先生からもらった地図どおり、道をはさんでむかいに吉野家《よしのや》がある。だが通りに面したそのビルのどこをどう見ても、二階へあがる階段が見当たらなかった。どうしようと思っていると、薬局の中から白衣の男がでてきた。

きみ、オーディションを受けにきた子？　ごめんね。みんな、どっから入っていいかわかんなくて店の前でうろうろしちゃうんだよね。ほんとはこの裏に出入り口があるんだけどさ。ま、いいや。店から入っちゃって。

彼がドラッグ小川だった。今日も真弓子は薬局から入る。まだ裏の出入り口とやらを使うどころか見たこともなかった。

「おはようございます」

レジにいたドラッグ小川のお父さんにお辞儀をした。この店の主人であり、ビルのオーナーでもある。

「おぉ、ご苦労様。今日もうちの息子、よろしくな」

よろしくされてしまった。はい、と答えるわけにもいかないので、曖昧《あいまい》な笑顔を浮かべ会釈《えしゃく》しておいた。

レジの裏に薬局の人達（とはつまりは小川家の人々）が倉庫と呼ぶ一畳ほどの空間がある。両脇の棚に売り物の薬がぎっしりと詰まっているそこを過ぎて、さらにその奥の急な階段をのぼる。正面を突き当たって左のドアを開けば、そこがもう局内だ。

「おはようございまぁす」

薬局の二階にあるFM局は、フロアを三つの部屋に分けてある。入ってすぐ手前が事務所で、そこには事務机がひとつと、ミーティングその他で無理をすれば七、八人は使用可能の大きな長方形のテーブルがある。壁のむこうはミキサー室、さらに奥の部屋がブースだ。正直なところ、学校の放送室とさほど変わらない広さというか狭さだ。

「おお、きたきた」

そう出迎えたのは放送部の顧問、高木である。テーブルでペットボトルのお茶を飲んでいたところだった。となりにはスーツ姿の女性が座っている。真弓子の知らないひとだ。

いや、なんか知っている気がするぞ、このひとのこと。

彼女は原稿らしき紙をじっと見ながら、わずかに口を開いてなにやら呟《つぶや》いている。高木や佐田と同い年くらいか、少し上かもしれない。背筋がぴんとしていて、どれだけ長時間、おなじ姿勢であってもだいじょうぶそうだ。

フリーのアナウンサーだろうか。地方局にでていたのをテレビで見かけたのかも。

「まあ、入れ」

「先生に言われなくても入りますよ」

高木がここにいてもおかしくはない。ディレクターの佐田と大学時代、アナウンス研究会でいっしょだった仲だ。真弓子を推薦し、オーディションを受けさせたのは彼である。

「どうしたんです、今日は?」

「かわいい生徒の働きっぷりを見学にきたんだ。な、佐田」

事務机に座りパソコンの前でキーをうつ佐田は、「ああ」と短く答えるだけだった。

「それはどうも、ありがとうございます」

真弓子は高木のむかいの椅子《いす》に座った。視線はどうしてもスーツ姿の女性にいってしまう。髪は短い。耳が隠れる程度だ。化粧は濃くない。世間の女性がやっているので、わたしもつきあいでやってみました、といった感じである。

「えらいなぁ、おまえ」唐突に高木が真弓子をほめた。

「なにがです？」

「休日の外出にもきちんと制服着てるとこがだよ」

「校則ですから」

「校則ったってさ。守っているヤツははじめて見たよ。感心感心」

「高木くんの生徒ってことは」女性が視線をあげ、真弓子を見ていた。「あなたが米村真弓子さん？」

「は、はい。そうです」

「ごめんなさい。あたし、原稿、チェックするのに気をとられてて」

女性は立った。大柄なひとだった。百七十センチはあるだろう。スーツの左ポケットに手を入れている。そこからは名刺がでてきた。真弓子も腰をあげ、生徒手帳から自分の名刺をだす。佐田がつくってくれたもので、住所や電話番号はこの局のだ。

ここに出入りするようになってから、五十人は軽く越すおとな達と名刺を交換した。はじめのうちは自分もおとなになったようでうれしかったが、最近は面倒なだけである。

「百田楼の岸《きし》いずみと申します」

放送部の夏合宿は毎年、百田楼だ。すると去年の夏、このひとに会ったのかもしれない。

うぅん、でもそうだったかなぁ。ちがうなぁ。百田楼の女将さんはもっと年のいったひとだったはずだ。

　真弓子は岸の名刺を見た。肩書きは『広報担当』となっている。

「まさかおまえ、いずみを知らないのか？」

　高木があきれた口調で言う。知っていて当然ってこと？　それにどうして、いずみだなんてなれなれしく呼ぶ？

「夏合宿んときにもおれ、話したろ、いずみのこと」

　去年の夏合宿ではっきりおぼえているのは、最後の夜、部長に激怒されたことと、帰りのバスで大河原くんに声がいいとほめられたことくらいだ。そのふたつが強烈すぎて、あとはおぼろげである。先生の話となると、さらにあやふやだ。

「えぇと、どの話でしょう」

「どの話ってしっかりしろよ。百田楼の次女がおれの同級生で、郷土の星だってこと」

「うっさいわねぇ」立ったままの岸は高木の頭を軽く小突《こづ》いた。「いまだに郷土の星とか言うの、高木くんくらいよ」

「あっ」そこでようやく真弓子は岸が何者であるか、思いだすことができた。「あのぉ、岸さんって昔、オリンピックに」

「そうそう」高木がうなずいた。

「なにが、そうそう、よ」岸はばつが悪そうな顔になった。「でてないわよ、オリンピックには」

「でも世界水泳選手権にはでたじゃんか」

「メダルは獲《と》れなかったわ」

スポーツに興味がない真弓子が知っていたのは、小学校三年か四年のときに、彼女が学校を訪れ、朝礼で『お話』をしてくれたことがあったからだ。内容はさっぱりおぼえていない。だが朝礼台にあがった彼女の姿は記憶にある。凛々《りり》しくかっこよかった。女のひとをかっこいいと思ったことがあるのは、そのときがはじめてで、それ以降はない。当時、岸は東京の体育大に在学中だったはずだ。

「つづけてらっしゃるんですか？　シンクロナイズドスイミング？」

真弓子の質問に高木が答える。

「とうの昔に引退してるって。なぁ？」

あんたには訊いてませんよ、先生。

「三年も前に引退しました。それからしばらく東京でコーチらしきことをしていたんですが、去年の末、実家に戻ってきて、いまは株式会社百田楼の一社員です」

「で、今日は『ドラッグ小川のエクセレントサンデー』のゲストで出演するってわけ」

「何卒《なにとぞ》よろしくお願いします」

郷土の星は深々と頭をさげた。座りかけていた真弓子はもう一度立ち、「こちらこそ」とテーブルに額《ひたい》がつくほどのお辞儀を返す。

「これ、岸いずみさんと百田楼の資料」

顔をあげると、佐田がB5サイズの紙が入った透明のクリアファイルを真弓子にさしだしていた。テーブルのせいで手を伸ばしただけではとれない。移動しようとすると、立ったままでいた岸が佐田からファイルをとり、真弓子に「どうぞ」と手渡した。

「あ、ありがとうございます」

そこへドラッグ小川がひょっこりあらわれた。本職が薬剤師の彼はいつも白衣を羽織っている。

「いやいや、どうもどうも。ヨネちゃん、おはよ。あ、岸さん。どうもはじめまして。ドラッグ小川でございます」

今度は岸と小川のあいだで名刺交換がおこなわれた。

「高木さんもひさしぶり」

小川は巨漢だ。〇・一二トンのからだを乗せると椅子が悲鳴をあげた。

「うちの生徒がいつもお世話んなってます」

「世話んなってるのは、ぼくのほうだよ。ほら、ぼくさ、緊張するとサ行とナ行とハ行とマ行がはっきり発音できないでしょ。ふだんもカ行とタ行とラ行は駄目だし」

要するに母音以外は全滅である。謙遜《けんそん》ではないところが凄い。

「ほんと助かってるよ。で、なに、高木さん。放送部でだれかまた推薦してくれるの？　ヨネちゃんぐらいの実力の子だったら、オーディションなしでもオッケーだよ。ね、佐田さん」

「そうですね」佐田はふたたびパソコンのキーをうちだした。「いっそのこと、米村さんメインで、だれか新しい子をアシスタントにしましょうか」

「いいねえ」ドラッグ小川はうなずいてから、「あれ、待ってよ。ぼくは？」

天然なのかわざとなのか、わかりづらいボケである。

「本業に専念したらどうですか。そこそこ忙しいんでしょう、小川薬局」

「そんなきびしいこと言うなよぉ、佐田ちゃぁん。ただ同然でここが使用できるのは、ぼくが親父《おやじ》に頼み込んだからなんだしさぁ」

小川薬局の二階を借りる交換条件として、小川が番組を持っているのだ。信じられないことだが事実である。それを悪びれることなく言えてしまうのが、小川のこれまた凄いところと言えなくもない。

「ところで高木。おまえ、小川さんと米村さんに言うことあんだろ」

言うこと？

「そうだった。じつはその先週の放送でさ」

「なんかぼく言い間違えた?」

それはしょっちゅうでしょうが。

「小川さんじゃなくて、米村が」

察しがついた真弓子は先回りをした。

「ヨロシクネのことですか」

「そうそう。いまみたいんじゃなくて、もっと、こう」高木は苦笑していた。「艶《なま》めかしい感じで言ってただろ」

艶めかしい。はじめて言われたよ。

「艶めかしかったかしら」岸が口をはさんできた。「わたしにはとっても可愛らしく聞こえたわよ。どんな子だろうって、今日まですっごく楽しみにしていたくらい。思ってたとおりでうれしいわ」

「あ、ありがとうございます」思わず、真弓子は礼を言っていた。

「サイコーだったよねえ。店の客にも評判だよ」

「おれもね。個人的にはよかったと思うんだ。米村の隠れた才能を垣間《かいま》見た気がしたよ」

個人的には。高木はこの言葉をよく使う。あるいはこう言うときもある。教師であることを抜きにすれば賛成だ。

「だけど昨日、校長に呼ばれて、あれはまずかろうと注意されたんだ」

「どうして？」小川が首をひねった。

「もともと米村をここでアシスタントさせるのも校長は渋《しぶ》ってたんだ。でも、ほら、放送部の活動の一環っていうことで、説得してオッケーもらったんだけど」

「それは前、聞いたよ。で、なんで、その校長はヨネちゃんの艶めかしい声が気にいらないの？」

「教育上、よろしからぬってことらしいぜ」

パソコンのモニターから目を離すことなく、佐田が言った。

「よろしからぬって、なにそれ？」

なぜだか喧嘩腰《けんかごし》の岸に高木は気圧されていた。

「だからその、昼の番組なわけだし、もっと健全であるべきだと」

わたしのどこが健全じゃないっていうんだ。

真弓子はカチンときた。

そしてつぎの瞬間、自分でも思いもしなかった言葉が口をついてでていた。

「辞めます」

「は？」「え？」「な？」「ヨ、ヨネちゃん」

「アシスタント辞めます。それでいいですか、高木先生」

「なにもおれはそこまでのことは」

「そうだよ、ヨネちゃん。ぼくを見捨てないでくれ」

「高木くんの言うことはじつにくだらないわ」なぜか岸がいきりたっている。「言論の自由に対する弾圧よ」

「そうおおげさに言う必要はないだろ。自粛してくれとお願いしているんだ」

「言葉をすり替えているだけじゃない。弾圧に変わりはないわ」

がたん、と椅子の音を立て、真弓子は立った。部屋にいるみんなの目が集まる。

「辞めるのやめます」

「は?」「え?」「な?」「ヨ、ヨネちゃん」

ご丁寧《ていねい》にもさきほどとおなじ反応だった。

「だから、あの、わたしのことなんかで喧嘩しないでください」

真弓子は家に向かって、とぼとぼ歩いていた。

番組がおわってから、食事でもどう? と岸に誘われたが、断って帰ってきてしまった。

わたしはいつになったら真剣になれるんだろうね。

ベンジャミンにそう問いかけたことがある。わたしはなにに真剣になれるというのだろう、とも考えた。真剣になれるものにいまだ、出会えていない。オーディションに合格したとき、もしかしたらこれが、と思ったりもした。だが残念ながらちがっていたようだ。

どこかで犬の鳴き声がする。ベンジャミン？

「米村っ」

つぎに聞こえたのは大河原くんの呼ぶ声だ。どうしたことだろう。幻聴でも起こしているのか。

ちがった。

道をはさんでむこう側の歩道に、自転車に乗った大河原くんがいた。

へへへ。やだなぁ、真弓子さん。さっきぼくが呼んだときは知らん顔していたくせして。

大河原くんのとなりにはベンジャミンがいた。

なんで？　なんでこのふたり、じゃないや、ひとりと一匹がいっしょにいるわけ？

「いまそっちいくから。そこで待っててくれ」

「おれ、おまえにあやまりたくて」道を渡ってくるなり、大河原くんはそう言った。「先週、部室で怒鳴《どな》ったろ。あのこと」

「あ、ああ」

「昨日、部長から家に電話あってさ。そのことで米村が悩んでるって言われて」

「あ、いや」悩んでいるなんて部長には一言も言わなかったのに。

「部活にでなかったのは、怒鳴った自分が恥ずかしくて、放送部のヤツにはだれとも会いたくなかっただけなんだ。なんであんとき怒鳴ったか、おれ、自分でもよくわかんないんだ。ただ、なんつうか、その、とにかく、おまえにどうしてもあやまりたくて。明日、学校ででもよかったんだけど、こういうのって一日でも早いほうがいいと思って、おまえん家《ち》、いったんだよ」

「うちに?」

「うん。放送がおわったいまくらいだったら、と思ってさ。でもまだ帰ってないから、っておまえの母さんに言われてさ。あがって待っててもいいとも言われたんだけど、なんかそういうのおれ、できないタイプなんで、とりあえず駅、いってみますって、自転車、走らせてきたわけ。ったら、おまえん家の玄関先で寝てたはずのこいつが追っかけてきてさ」

へへへ。どうも。

「なに、おまえん家、犬、放し飼いにしてんの?」

「うん、あ、ああ」そういうわけではない。小屋の脇にある杭に紐で結びつけている。たぶん父さんのせいだ。父さんは気まぐれにベンジャミンを連れだし、芸をしこもうとすることがあった。それはべつにかまわないのだが、その度《たび》に紐を結び忘れる。だからといってどこかへいってしまうベンジャミンではない。しかし、ひとについていくのなんていままでになかったことだ。

「こいつ、名前は？」

「ベンジャミン」

「ベンジャミン？　こんな和風な顔で」

余計なお世話ですよ。

ベンジャミンが大河原くんを見あげた。

「ええと、それで、おれ、まだ、あやまってないか」

「べつに」あやまらなくていいよ。そう言いたかった。でもできなかった。目頭《めがしら》が熱くなってきたかと思うと、両目からぼろぼろと涙が溢《あふ》れでてきていた。

「ご、ごめん。ごめんよ」

大河原くんが動揺しているのがわかった。申し訳なくて、泣くのをこらえようとした。そうしようと思えば思うほど涙は止めどもなく流れ落ちていった。

③

「失礼しまぁす」明るいその声に、モニター室にいた真弓子は、びくりと肩を震わせてしまった。探し物をしていただけで、疚《やま》しいことをしていたわけではないのにもかかわらずだ。

「あれ、米村先輩」

一年の蔦岡《つたおか》るいだ。くりっとした大きな瞳で、真弓子を見つめている。とても可愛《かわい》い。それも洗練された可愛らしさだ。これが東京だ。

「どうなさったんです?」

真弓子は放送部の部員ではある。しかし大学受験を控えた三年生だ。文化祭を最後に部活に参加はしていない。今週末には冬休みをむかえる今頃、放送室にいたりしたら、どうしてと思われてもしかたがない。

「さがし物」

「なんです?」蔦岡は鞄《かばん》とスポーツバッグを無造作《むぞうさ》に床へ置いた。「CDかなにかですかあ？」

いっしょにさがしてくれるつもりらしい。

「本よ」

蔦岡は両手で四角をつくった。「文庫ですか、それとも」四角を大きくする。「単行本？」

そうした仕草も可愛い。

「文庫」

「タイトルは？」

「『貝殻《かいがら》の上のヴィーナス』」

答えてから真弓子は、しまった、と思った。

「それって大河原先輩のじゃないですか」

やはり知っていたか。当然といえば当然である。蔦岡は大河原くんのカノジョだ。

「うん、そう」

できるだけさりげなくうなずいた。成功したかどうかはわからない。蔦岡と目をあわせないように、そっぽをむいた。

「貸してるひとって米村先輩のことだったんですね」

「ああ、うん」

「大河原先輩におもしろいから今度、貸してやるって言われてるんですよ、その本」

微笑《ほほえ》む蔦岡を盗み見た。

この子はわたしが大河原くんを好きなことを気づいているだろうか。だとしたら、いま、彼女が浮かべている微笑みほど恐ろしいものはない。一見、無邪気に見えるその裏側にとてつもない悪意が含まれていることになる。

そう考えていると、動悸《どうき》が激しくなってきた。呼吸も満足にできなくなっていく。

「だいじょうぶですか、米村先輩。顔色悪いですよ。保健室いきます?」

だいじょうぶ、と言い返そうとしたが、めまいまで起こり、どうしようもなくなった。

「これに」蔦岡が畳んで壁に立てかけてあったパイプ椅子《いす》を開いた。「どうぞ、おかけになってください」

オカケニナッテクダサイ。その慇懃《いんぎん》な態度と物言いが鼻持ちならない。

むかつくんだよ。

真弓子は倒れ込むように椅子に座った。

「大河原先輩、呼んできましょうか?」

「大河原くん?」

「あたしのこと、校門で待ってるんです。そうだ、校内放送で呼びだせばいいか」

ふざけないでよ。

理不尽《りふじん》な怒りが胸の内に湧き起こる。そして同時に、わたしはこんなチンケで嫉妬《しっと》深い人間だったのかと情けなくなる。

「私用で校内放送、使っちゃ駄目よ」

息も絶え絶えに真弓子は注意する。

「だけど緊急事態じゃないですか」

「ただの立ち眩《くら》み」声が裏返っていた。「すぐ治るから」

「ほんとですか」

「ほんと」

「じゃ、あたし、本、さがしてますね」

蔦岡はあたりをがさごそ漁《あさ》りだした。

「期末テストあとに部室を掃除するつもりだったんですよねえ。なんだかんだって結局しないまま、年越すことになっちゃいました」

「いいわよ、ここにはないみたい。たぶん家だと思う」

めまいはおさまった。動悸も呼吸ももとに戻りつつあった。蔦岡はまださがしている。止める気力はなく、これはこの場を去るのがいちばんだな、と腰を浮かしたときだ。

「ありました、ありました」

どこからでてきたのか、蔦岡の手に『貝殻の上のヴィーナス』があった。

表紙カバーには貝殻の上に乗ったほぼ全裸のヴィーナスと、丸い透明なヘルメットをかぶり赤いパンツと黒いブーツのみの男がいる。彼の足元には犬がまとわりついていた。

真弓子が借りたのはずいぶん昔だ。高二のおわり、今年の三月。まだ蔦岡が東京にいる頃。十日ほど前に大河原くんにあの本、返してくれないかな、と言われさがしていたのだ。

「はいっ」

蔦岡は文庫本を両手で持ってさしだしてきた。

はいはい、あなたは可愛いですよ。そういうのも大河原くんの前でやるわけだ。負けだよ。わたしの完敗だ。

「わたしはもういいんだ。大河原くんに読むようすすめられているんでしょ。あなたが持っていていいんじゃないの」

蔦岡の口が半開きになっている。童顔のくせに唇がぽってりしていて艶《なま》めかしい。半開きなのでさらにそう見えた。

この唇に大河原くんは自分の唇を重ねたことがあるのだろうか。

真弓子はふたたびめまいに襲われた。

大河原くんと蔦岡がつきあっているのを知ったのは、文化祭のときだ。放送部は例年どおり、クレープ屋をやっていた。部を引退した三年生は、冷やかしに顔をだすだけだ。真弓子を含めた女子部員三人、店でたむろっていると、後輩達がなにやらもめだした。話を訊《き》くと、店番は二時間ずつ交代制なのだが、蔦岡が時間になっても戻ってこないのだという。

「大河原さんって今日、きていらっしゃいます？」

部長が訊《たず》ねてきた。大河原くんのつぎの部長だ。

「さぁ、どうだろ」と答えながら、真弓子は訝《いぶか》しく思った。「なんで？」

「なんでって」部長がこまり顔になった。「米村先輩、知らないんですか」

「マユはそういうの疎《うと》いのよ」

三年のひとりが笑った。毎週日曜、習い事をしていると言っていた女子だ。

「なんのこと？」

薄々気づきながら、真弓子は訊かないではいられなかった。そして部長が予想どおりの答えを口にした。

「蔦岡と大河原先輩、つきあってるんですよ」

「この小説、おもしろかったですか」

蔦岡はおねだりでもするような視線をむけてきた。

きみが可愛いのはよくわかったよ。わたしにそんな顔したって、なんの効果もないから。

「まあまあ」

「どんな話なんです？」

「読めばわかるわよ」

「それはそうですけど」

蔦岡の顔の眉間《みけん》に、ほんのわずか、深くもなく浅くもなく、いい具合にしわが寄る。とても悩ましげだ。

「SFなんですよね。あたし、こういうの苦手なんですよ」

わたしだって苦手だ。

でもね。大河原くんと話をあわそうと一生懸命、読んだよ。少なくともきみよりもわたしのほうが彼に好かれようと努力をした。世界には報《むく》われない努力が多すぎる。

「だけどカレがぜったいおもしろいから読めって」

大河原先輩ではなく、カレと言ったことを、蔦岡自身、気づいていないようだ。

まさかわざと？

「この本、外国人が書いてて、登場人物も外国人なんですよねぇ。余計駄目だなぁ。外国のひとの名前ってぜんぶカタカナじゃないですか。だから読んでいるとこんがらかってきちゃうんですよ」

知るか。

「表紙もちょっとなぁ。あたし、この本、読まないというか、読めないと思うんです。だから粗筋《あらすじ》と感想、聞かせてください」

蔦岡は文庫本を作業台に置き、両手をあわせた。その瞳に狡猾《こうかつ》さが窺《うかが》える。

「一生のお願いです」

いやだ。「いいわよ」

気持ちと裏腹の言葉を真弓子は口にしていた。

「ほんとですか？　わぁ、だから米村先輩、好きですぅ、愛してますぅ、ありがとうございますぅ」

好きです、愛してます。そういう言葉がたやすくでるのがうらやましい。東京じゃあみんなそうなの？

「いますぐじゃなくていいでしょ」

「はい。ありがとうございます。お礼は必ずします。なにがいいです？」

大河原くんと別れて。

なんてこと、言えやしない。

「後輩の面倒みるのは先輩の役目だから、礼なんていらないわ」

「かっこいい。米村先輩が男だったら、あたし、捧《ささ》げちゃってますよ」

なにをよ？

「ところで、あなたはここへなにしにきたの？」

「あたしですか。あたしは、その」蔦岡の頰《ほお》が赤く染まる。赤というより桜の花びらの色に近い。「今日これから大河原先輩とカラオケボックスへいくんです」

アクセント辞典が作業台にある。その角でこの女を思いっきり殴《なぐ》ることができれば、どれだけすっきりすることか。

「だからなに？」

「ここで私服に着替えようと思って。あ、見てくださいます？」

蔦岡はスポーツバッグを開き、中からビニールに入った服をとりだすと、からだにあてた。

「どうです？」

真っ赤なワンピースだ。ノースリーブで胸元が深いV字になっている。勝負にでてるって感じ。

「似合ってるわ」

くやしいがそう言うよりほかなかった。

「去年、渋谷《しぶや》で買ったヤツなんで、ちょっと流行おくれなんですけども。気にいってるんで」

渋谷。流行おくれ。なんだかむかつく。毎年、流行を追って服を買うなんてことは真弓子はしなかった。したくたってお金がない。

「ここでこれに着替えて、コートですっぽり隠して内緒にしておいて、カラオケボックスにいったときに、カレに見せてあげるんです」

「うまくいってんだ、カレと」

皮肉と嫌味をこめて言ったつもりだ。でも蔦岡には通じなかった。

「おかげ様で」

オカゲサマデ。蔦岡の浮かれた物言いに真弓子はつい笑ってしまった。

顔で笑って心で泣いて、だよ。

「わたし、さき帰るわ。鍵《かぎ》、ここ置いてあるから」

「さっきも言ったように、カレ、校門の前で待ってるんですけど」

もしも、と真弓子は思う。わたしが大河原くんとつきあっていても、こんなふうに人前で、カレを連発しないだろう。この女には慎《つつし》みがない。それともそれが東京の流儀なのか。それにだ。一年のカノジョが、三年のカレを校門前で待たせるなんて、どういう了見さ。

「カレには本と服のこと、内緒ですよ」

蔦岡は自分の唇に人差し指をつけていた。

わたしの前でそんな可愛い仕草してどうする。

昨夜から今朝方にかけ、大雪に見舞われた。やんではいるが、曇り空で風がある。積もったばかりの雪は風に吹かれ舞っていた。そうした中、校門の前に大河原くんが突っ立っているのが見えた。まだ距離があるので顔まで見えないが、ぜったいそう。鼻の下をのばしていることだろう。今日、なにを唄おうかくらい、考えているかも。おまえ、受験生だろ。しっかりしろよ。

スカートの下はえんじ色のジャージで、その裾《すそ》は長靴に押し込んである。十八歳の娘の格好ではない。裏口からでてもよかったが、逃げているようでいやだった。だから一面雪の校庭を突っ切って、堂々と校門からでることにした。

ところがである。校門が近づくにつれ、からだの動きが鈍くなってきた。寒さのせいではない、緊張してきたのだ。

引き返そうか。でもそれはできなかった。大河原くんが真弓子を見ていた。じっとだ。

「平気かぁ、米村ぁ」大河原くんの声が校庭に響く。

雪国生まれの雪国育ち、これくらいの雪でへこたれるはずがないでしょ。そういう台詞《せりふ》は東京からきた年下のカノジョのために残しておきな。

などと胸の内で毒づいている最中、真弓子は雪から足が抜けなくなり、その場で前につんのめって倒れてしまった。

なにやってんだか、わたしは。

「米村ぁ」

叫ぶなって。真弓子はのそりと立ちあがった。大河原くんが駆け寄ってきていた。

「だいじょうぶよ」

からだの雪をはたきながら、真弓子は歩きだした。走ってきた大河原くんがとなりにきて、ふたり並んで、校門へむかうカタチになった。

「いま、帰りか」

「うん」真弓子は大河原くんの顔を見ないように答えた。

「米村は大学どこ受けるの？　やっぱ東京の？」

なにいきなり、そんなことを訊くのよ。あなたに関係ないことでしょ。しかし返事をしないのもおとなげない。

「国立だったらとなりの県の。私立は東京の」

「どこ？　六大学のどれか？」

真弓子は大学名を志望順に三つ並べて言った。

「第二志望はおれといっしょだ」

知ってるよ。だから受けることにしたんだから。

校門に着くと、大河原くんはそこで立ち止まった。

「あ、あの、おれ、ひと、待ってて」

知ってるっつうの。

「うん、じゃあ」

「お互いがんばろうな。受験」

「だったら、カノジョとカラオケなんかいくなよ」

いけない。胸の内で呟《つぶや》くべきことを口にだしちゃった。言われた大河原くんはきょとんとしている。

「だ、だれからそれを」

こうなればやむを得ない。「本人」

「るいから?」

きみは蔦岡を名前で呼んでいるんだ。

痛いよ。痛い。胸が痛くてたまらない。

ちっ。こうなったら。

「赤のワンピース」

「え?」

「着てくるよ、きみのカノジョ。カラオケボックスでお披露目《ひろめ》するんだって、はりきってた。今頃、放送室で着替えてるよ」

そう言い残すと真弓子はバス停へむかった。

学校からのバスを降り、真弓子は家にむかって歩きだす。あちこちで雪かきをしているひとの姿が見受けられる。

バス停から家まではほぼ一直線だ。途中に真弓子が通っていた幼稚園があった。家からここまでが小学校へあがる前までの真弓子の世界だった。小学校はもう少しさきにある。中学はさらにさき。そして高校はバスに乗って通っている。予備校へは電車で県庁所在地へいく。世界は徐々に広がりつつある。志望の大学はとなりの県にある国立大と、東京の私立大だ。両親には国立大にいってほしいとはっきり言われている。真弓子もそのつもりよと答えてはいた。ほんとは東京へいきたい。大学の四年間だけでも東京に住んでみたい。それも大河原くんといっしょの大学で。

風が吹き、雪が舞った。ふと幼稚園のほうへ目をむける。子供達がクリスマスの飾りつけをしていた。なんだか大はしゃぎだ。あれだけのことが楽しくてたまらないというときが、わたしにもあったはずだ。できればその頃に帰りたい、と真弓子は切実に思う。子供達だけではなく、おとなも何人かいる。その中にひとり、知っているひとがいた。

藤枝美咲だ。見間違いではないかと真弓子は足をとめ、じっと見入ってしまった。上下とも学校指定のジャージだ。えんじ色がこれほど似合う女もいない。それよりも驚くべきことがあった。

藤枝は笑っていた。とても無邪気にだ。

三年はちがうクラスだった。最後に会話をしたのは去年の五月、市電の中で偶然会ったときだ。バンドをやるとか言ってたけど、どうしたのだろう。そのときにもらった『藤枝美咲全詩集』は読んではいないが、とっといてはある。捨てたら末代まで祟《たた》られそうだし。

子供のひとりが、藤枝のジャージの裾をひっぱり、真弓子に小さな指先をむけているのに気づいた。

いけないいけない。

真弓子は視線を外し、歩きだした。どれだけ無邪気に笑っていたとしても、藤枝と関わりあいになるのはごめんだ。できれば走りたかったが、この雪ではそうはいかない。まずいことに向かい風が強くなりだした。

「学級委員っ」

うしろから声がする。藤枝だ。聞こえないふりをしよう。そうしよう。真弓子は焦った。焦れば焦るほど、うまいこと歩けずにいた。ついには足がもつれ、うつ伏せに転んでしまった。雪国生まれの雪国育ちのわたしが一日に二度も、雪の中で転ぶとは。

「学級委員っ」

藤枝の鋭い声がごく間近でする。ゆっくり起きあがると藤枝は目の前に立っていた。えんじ色のジャージのみの格好だ。しかも両腕は肘《ひじ》まで、両足は膝下《ひざした》までめくり、裸足《はだし》にサンダル履《ば》きだった。

「寒くないの？」思わず訊いてしまう。

「平気よ。ぜんぜん寒くないわ」藤枝は上着のチャックを外し、前をはだけた。中はTシャツ一枚だけだった。「むしろ暑いくらい」

やせ我慢にもほどがある。

「あたしのこと見てたでしょ」

「あなたを見てたわけじゃないわよ。あの幼稚園、わたしが通っていたとこなんだ。クリスマスの飾りつけしてて、昔思いだして見ていたら、あなたがいたっていうだけよ」

「ふぅん」藤枝は腰に手をあて、仁王立《におうだ》ちだ。「でも逃げたじゃん」

風が強さを増す。積雪が舞い、視界は立ちどころに悪くなった。真っ白な世界で藤枝とふたりきりだ。

「逃げてはないって。うち帰ってすぐ、予備校、いかなきゃなんないし」

これはほんとのことだ。

「あなたこそどうしてあの幼稚園に？」

「いとこがあそこの年長さんなのよ。両親のかわりに手伝いにきたってわけ」

さっき、藤枝のジャージの裾をひっぱっていたのが、そのいとこだろうか。

「そういえば学級委員」

「わたし、学級委員じゃないんだけど」

「あ、そうか」藤枝は口元を緩《ゆる》めている。「あんた、フェンシング部の部長に負けたんだっけ。残念だったわね」

三年も他薦で学級委員に立候補することになった。対立候補も一、二年のときに学級委員をつとめた人物だが、スポーツ万能で、だれとでも友達になれる校内一の人気者という、真弓子とはまるで正反対のタイプだった。そして投票は三十三対七という大差で負けた。真弓子はこれを当然の結果だと素直に受け止めた。けっして強がりでなく、受験勉強に専念できるとも思ったくらいだ。残念だったわねなんて皮肉めいて言われてもこまる。

「だけどいまさら、学級委員のこと、米村さんとか呼べないよ。元学級委員でいい?」

「うん、ああ」なんとでも呼んでくれ。

「元学級委員もさ、高校卒業したら東京いくわけ?」

そう言うからには藤枝も東京へいくつもりなのだろうか。

「東京の大学、受かったらね」

「東京以外の大学も受けるつもり? たとえば」藤枝は真弓子の第一志望の大学の名を言

った。

「ああ、うん。一応は」

「そこに受かって、東京の大学落ちたらどうする？」

「え？」

「東京、あきらめる？」

「わたし、東京いきたくて、大学を受けるわけじゃないし」

「だったら」藤枝は関西方面の大学の名を並べた。「そのあたりも受けるの？」

「受けないけど」

「だったらやっぱ、東京、いきたいんでしょ？」

なぜ、そういうことになる？

「東京の大学を志望してるひとって、みんなそうだよね。東京を目指してるんだよね。大学を目指してるんじゃなくて」

「藤枝さんはどうなの。高校卒業したら」

「東京へいくわ」

やはりそうなのか。

「あたしは自分に正直だからね。大学なんて言い訳つかわない。卒業式のあとすぐ、東京へむかう」

「東京でなにするつもり?」

「逆」

「なにが逆?」

「自分がなにをすべきか、見つけるために東京へいくのよ」

「わざわざ東京いかなきゃ、見つけられないものなの?」

「元学級委員はこの町で自分の将来、見つけることできると思ってる?」

「それは」真弓子は答えに窮《きゅう》した。たしかに地元で女が働くとなると、銀行かデパートぐらいしか思い浮かばない。

「思ってないでしょ。だから東京の大学を」

そこで藤枝は口を閉ざした。真弓子の肩越しになにかを見つけたらしい。一歩身をひき、ファイティングポーズをとった。何事かと思いふりむくと、ベンジャミンがすたすたと近づいてきているのが見えた。

こんなところでなにしてるんです、真弓子さん?

「元学級委員とこの犬だよね」

「そうだけど」

ベンジャミンは真弓子の前まできたが、飛びついたり、身を寄せたりはしない。こちらの様子を窺うように、あたりをうろつきだすだけだ。

おやま、お友達でいらっしゃいますか。あれ、いつかお会いしましたっけ？

「元学級委員を迎えにきたの？」

「あ、うん」

どうだろう。首輪はつけたままで、紐《ひも》をひきずっている。

思いだしました。ぼくが追いかけていったら、海に突進してっちゃったお嬢さん。けっこう昔の話ですよねえ。その節はどうも。その後、お元気でしたか？　えへへ。

「わたし、そろそろいかないと」

「ちょっと待って」

まだなにかあるのか。藤枝はもうファイティングポーズをとっていない。

「元学級委員さ。クリスマスイブ、なんも予定ないでしょ」

受験生がクリスマスイブに予定なんかあるものか。

「予備校いってる」

「東京目指して、お勉強ですか」

ムカツク。

「どこの予備校いってるの？」

それを知ってどうすると思いながら、真弓子は答えた。

「授業は何時まで？」

「八時くらいまでだけど」

「だったら間に合うわ」

なにが間に合うというのだろう。

藤枝はジャージのポケットから細長い紙切れをとりだし、真弓子にさしだした。

『Ｃｈｉｃｋｅｎ Ｓｋｉｎ ＬＩＶＥ』。

紙切れにはそう記されていた。ライブのチケットらしい。

「八時半スタートなんだ」

「チキンスキンって」

「あたしのバンド」

まだやっていたんだ、バンド。これは藤枝にとって自分のすべきことではなかったのか。

「どこでやるの？」

「そこに書いてあるでしょ。天井裏《てんじょううら》」

天井裏はライブハウスの名前である。いったことはないが、ラジオの番組で何度も紹介したことがあるので、名前と場所は知っていた。予備校から歩いて五分もかからない場所だ。

なんです？　なんですかそれ？　ぼくにも見せてくださいよ。ねえ。

まだ藤枝の手にあるチケットに、ベンジャミンは鼻先を近づけていった。

「ちょっとやだ、なに、この犬。ねぇ、元学級委員。あたしが犬、きらいなの知ってるでしょ。どうにかしてちょうだい」

「どうにかって」

いいぞ、ベンジャミン。そのまま藤枝の手を噛《か》んじゃえ。でなきゃ、そのチケットを食べるのよ。

ところがベンジャミンはおとなしく引き下がり、ふたたび、うろつきだした。うろうろ。うろうろうろ。

この役立たず。

「あの犬、なんなの？」

ベンジャミンを横目で見ながら、藤枝が気味悪そうに言った。

「なんなのって、柴犬だけど」

「見ればわかるわよ。そうじゃなくて、なんていうか、人間っぽくて気味悪いわ」

藤枝が不審がるのもわかる。たしかにそのとおりだし。うろつく姿も犬らしくない。軽快さが足りないせいかも。

「とにかくこれ」藤枝は真弓子のコートのポケットに、チケットを押し込んでしまった。

「二千円」

「え？」

「いま払えとは言わないわ。入場時でいいから」

無理矢理押しつけたうえにお金をとるとは。しかも二千円は高い。

「たのしみにしといてね」

そう言い残すと藤枝はくるりと背をむけ、去っていった。

おわりました、話？　あれ、いっちゃったんですか、あのお嬢さん。なんだ、残念だなぁ。遊びたかったのになぁ。

「あ、いたいた」

防寒具に身を包んだ母さんがあらわれた。地元民で五十回以上、雪の季節を過ごしたはずなのに、母さんは寒がりだった。冬眠ができたらどれくらい幸せだか、と本気で言うひとである。防寒具の内側には少なくとも十個はホカロンがあるはずだ。

「うるさいのよ、ベンジャミン」ニット帽を深々とかぶり、マフラーを何重にも巻いた母さんの顔は、幅二センチあるかないかの隙間《すきま》から目だけしかでていない。「三十分くらい前から騒ぎだして」

「無視すればよかったじゃない」

「そうしたかったわよ。でもとなりの家から電話があったのよ。たいへん申し訳ありませんが、赤ん坊が昼寝をしているので、お飼いになっているワンちゃんをちょっとだけ静かにさせていただけないでしょうかって。ちょっとだけ静かになんてことできるはずないのにね」

去年の夏まで隣人は大根ときゃべつだった。畑だったのである。その畑の持ち主がなにを思ったか、すべて売り払い、いつの間にか家が八棟できていた。

こんな辺境な町の急ごしらえの家なんか、ン千万も払って住むひとがいるものか。新聞に入っていたその建て売り住宅の広告を見て、父さんはせせら笑ったが、去年の末までには完売していた。

「そろそろあなたが帰ってくる頃だと思って、迎えもかねてでてきたの。そしたらベンジャミン、途中から猛スピードで走りだすもんだからさ」

真弓子はベンジャミンの顔を見る。藤枝にからまれていたところを救ってくれたことはたしかだ。礼のひとつでも言うべきだろうか。

えへへ。えへへ。なんでしょう?

「なんでもないわよ」

ついそう口にすると、となりで母さんが目しか見えないながらも怪訝《けげん》な顔をしているのがわかった。

「父さんの言うとおりだわ」

「なにがさ」

「あなたがベンジャミンにしょっちゅう、話しかけているって」

「しょっちゅうでもないよ。それに飼い犬に話しかけるのってふつうでしょ」

「そうだけど、いまのあなたのは、飼い犬に言ってるっていうよりも恋人に言ってるみたいよ」

恋人？　えへへ。ぼくが真弓子さんの恋人ですか。えへ。へへへ。そいつは感激だな、うれしいな。

「莫迦《ばか》なこと言わないでちょうだい」

その言葉を母さんとベンジャミン、どちらに言ったか、真弓子自身、わからなかった。

「せんぱぁぁぁい、せんぱぁぁぁぁい、よぉねむらせんぱぁぁぁい」

バス停から校門へむかう道を歩いていると、蔦岡が駆け寄ってきた。走り方もやはり可愛いと真弓子は感心する。

「つかまえたっ」

蔦岡は真弓子の腕にしがみついた。

そんなことされた日にはね、大河原くんに限らず男ならだれだってきみにほれるよ。

「今日、学校おわったあと、ちょっといいですか」

「なに？」

蔦岡は腕にしがみついたまま、真弓子に顔をむける。距離は二十センチと離れていない。

「こないだの本の粗筋と感想、聞かせてください」と言って、鼻の頭に小じわをつくり、受け口になっていた。他のひとがしたら不細工だが、蔦岡はちがった。とても可愛い。お願い事をするときにはこの顔がいちばん、と鏡の前で練習しているのか。それとも生まれつきできるのかしら。計算高くても自然体でもどっちにしたって可愛いのはたしかだ。

ほんと、きみはなにをしても可愛いよ。だけどそれをわたしの前で見せびらかさないで。お願い。癪《しゃく》でならないわ。

「今日は駄目。予備校あるから」

わたしは受験生なんだ。そんな暇《ひま》なんてない。はっきり言ってやろう。

「あのさ、蔦岡」

「あっ。いけない。あたしも今日は駄目でした。大河原先輩とデートなもんで」

さらりと言われてしまった。

そうか、そうだよな、今日はクリスマスイブだもんな。

「明日の夜、米村先輩ん家《ち》に電話します」

図々《ずうずう》しいにもほどがある。

「たぶん大河原くんは、これからさきもずっとこの類《たぐ》いの本をあなたに読ませようとするはずよ。その度《たび》に、わたしにこうやって聞きにくるわけ?」

「迷惑ですかぁ」

これっぱかりも悪びれた様子はない。それどころか眉《まゆ》を八の字にしていた。ひとが見れば、真弓子が蔦岡をこまらせているように見えるだろう。

「だってね、米村先輩。カレ、ジャズのCDもすすめてくるんですよ。それはまだいいんですよ。一時間もあれば一枚、ぜんぶ聞けるし、実際、ちょっといいなって思うときもあるんです。でもSFは無理。どうしたらいいですかね、あたし?」

わたしがかわってあげるよ。

うっかり口にしてしまいそうになった。

「逆にすれば」

「逆って」

「大河原くんの好きなものを蔦岡が好きになるの無理なら、蔦岡が好きなものを大河原くんも好きにさせるのはどう?」

蔦岡は目を大きく見開いていた。

「すごぉおい、米村先輩。あったまいい」

あんたにほめられたところでちっともうれしくない。

「でも大河原先輩するかなぁ、ゴルフ」

ゴルフ？

「あなた、ゴルフが好きなの？」

「ときどきパパといくんですよ」と言ってから、蔦岡は真弓子の腕から離れ、ゴルフのスウィングをしてみせた。「けっこう筋がいいって、パパはほめてくれるんですけどね」

真弓子は大河原くんがゴルフをやる姿を思い描こうとしたが、無理だった。

「ほかには？」

「あとは乗馬ですかねえ」

蔦岡はまたひっついてくる。

「これはママのほうの趣味なんですよ」

パパはゴルフ。ママは乗馬。なんなんだ、この子の家は。いや、それよりも、と真弓子は自分自身に腹を立てた。なんでわたしはアドバイスなんかしているんだ。

「どっちにしてもいまは駄目だなぁ。大河原先輩、受験生ですし、さすがにゴルフや乗馬をやってる時間ないだろうし」

カラオケいったり、クリスマスイブにデートしたりする時間はあるんだな。

「そうだ、聞いてくださいよぉ、米村先輩」

「なにを？」

「大河原先輩のことなんですけど」

聞きたくない。いや、聞きたい。いやいや、聞きたくない。どっちだ、わたし。

「こないだ、米村先輩にお見せした、ワンピース」

「ああ」わたしが言ったのを、大河原くんはばらしでもしたのかな。

「カラオケボックスで、コート脱いで、あたし、一回転、してみせたんですよ。ったら大河原先輩」

「どうしたの」襲いかかってきたのか。

「上むいて首のうしろ叩《たた》いてました。鼻血だしたんですよ。おれには刺激が強過ぎるって言われちゃいました」

左様《さよう》でございますか。嫉妬する気も起こらない。

「あの程度の服でそんなんじゃ、これからさき、思いやられますよねぇ」

これからさき。

「だからあたし、徐々に慣らしていこうと思って。今日はふたりで百田楼へいくんですよ」

「泊まるの？」真弓子は思わず言ってしまった。

「やだ、先輩。ちがいますよぉ。ひとの話、聞いてました？　あたし、徐々にって言ったじゃないですか」

「あ、うん」

「あそこ、今年の九月に温水プールができたんですよ。そこであたしのビキニ姿を大河原先輩にお披露目しちゃうんです」

だいじょうぶ、大河原くん？　真弓子は心配になってきた。あと一ヶ月ちょいで大学入試だよ。大事なこの時期に、東京からきた小娘に振り回されてて平気なの？

「あたし、わざわざ水着、新調したんですよ」

「この真冬に？　どうやって？」

そんなこと、訊いてどうする？　今後の参考にでもするのか。でもいったい、なんの参考？

「苦労しましたよ。こっちだとあたしの気にいったのないんで、先週、ママの買い物のつきあいで東京いったとき、原宿《はらじゅく》で買ってきたんです」

きみのママは買い物するのにわざわざ東京へいくのか、とツッコミを入れたくなったが、やめておいた。どうも蔦岡の家は計り知れないところがある。

「蔦岡」

「はい？」

「いい加減、離れてくれないかな」

「いいじゃないですかぁ」

楽しげに笑うだけで真弓子の腕から離れようとしない。それどころか蔦岡はよりがっちりとつかんできた。

「米村先輩の腕ってつかみ心地《ごこち》がいいですよね。お母さんの腕みたい」

「それって太いってこと？」

「気にしてました？」

気にはしていないが、他人の、しかも恋敵《こいがたき》に言われてはおもしろくない。

恋敵じゃないや。決着はとうについているもの。蔦岡るいの完全勝利。

「仲いいなぁ、おまえら」

校門を抜けるときに、高木先生が声をかけてきた。登校する生徒達の服装検査のため、門の前に立っているのだ。

「あたし達つきあっているんですよ、先生」蔦岡が笑って返し、なんと真弓子の頬に唇を押しつけてきた。「ね、米村先輩」

真弓子は不機嫌に頬を拭《ぬぐ》った。大河原くんもおなじようなことをされているのかな。いや、もっと大胆なことを。

蔦岡の唇の感触がいつまでも頬に残っていて、気持ちが悪くてたまらなかった。女子トイレでいくら洗っても無駄だった。

いったいどんなキスをしてきたんだ、あの女。

ハンカチで顔を拭《ふ》き、鏡をのぞくと、自分の肩越しに藤枝がうつっていた。驚きのあまり、あやうく悲鳴をあげそうになった。

「そんな驚かなくてもいいじゃない」

驚くって。真弓子はふりむき、藤枝とむきあった。

「二千円、早く払ってよ。今日、くるでしょ。ライブ」

「お金は入場時だって言ってたじゃない」

「くる気ないの？　あたしのライブ」

どいつもこいつも身勝手極《きわ》まりない。真弓子はスカートのポケットを探《さぐ》った。あった。ずっと入れっぱなしで、くしゃくしゃになったチケットを突きだした。

「返すわ」

藤枝は下唇を噛んで、真弓子をにらんだ。

負けないわよ、あんたになんか。

真弓子はにらみ返してやった。すると藤枝がなにか呟くのが聞こえた。

「なによ。はっきり言いなよ」

「タダでいいわ。そのかわり、必ずきて」

いつもとはちがう、すがるような目つきをしていた。そのくせこう付けくわえた。

「凄《すご》いあたしを見せてあげるから」

ほんと、ここでいいのかな。

天井裏という名前のくせに、そのライブハウスは地下一階にあった。狭くて急な階段を真弓子は降りながら、不安にかられた。ひとがだれもいないせいである。気配すらない。

一階入り口の壁にかかっていたボードには『本日のライブ　Ｃｈｉｃｋｅｎ　Ｓｋｉｎ』とたしかに書いてあったのだ。間違いはないはずである。

階段がおわると、二畳もないスペースに受付らしき長テーブルが一脚あるだけで、そこにもひとがいなかった。腕時計で時刻をたしかめる。八時二十分。

さてどうしよう。やっぱ、帰っちゃおっか。

そう思っていると、長テーブルの右斜めうしろに垂れ下がっていた黒いビニールカーテンがさぁぁっと開いた。

「大河原くん?」

「よぉ」

「どうしてここに?」

きみは百田楼の温水プールで、蔦岡のビキニ姿を拝《おが》んでいるはずでしょ?

「昨日、市電に乗ったら、藤枝とばったりでくわしてさ。ライブのチケット、タダでいいからって無理矢理、渡されたんだ」

「大河原くん、その声」

ひどいがらがら声だ。

「風邪《かぜ》、ひいたみたいでさ。やんなっちゃうよ。ほんとは今日」とそこで言葉を切り、大河原くんは大きなくしゃみをしてから、鼻をかんだ。

「ほんとは今日、なんだったの?」

「え? あ、ああ。いや、なんでもない。それより米村、チケットは? 一応、半券、千《ち》切《ぎ》るからだしてくんない?」

「なんで大河原くんが?」

「それがさ。藤枝のヤツ、ぜんぶひとりでやってんだよ。ついさっきまで受付もしていたくらいでね。演奏の準備があるから、開演までの十分間だけ、受付やってくれって、藤枝に頼まれたんだ」

「ふつう、受付ってスタッフとかがやるものじゃないの」

「いま、おれ言ったろ。藤枝がぜんぶひとりでやってるって。スタッフどころか、演奏もあいつひとりなんだ」

「チキンスキンはバンドじゃないの?」

「三日前、解散したんだと」

三日前。家路の途中、幼稚園で飾りつけをしていた藤枝に今日のライブに誘われたのはその前日だった。

「ケンジくぅん」カーテンのむこうから聞きおぼえのある声がした。「帰ろうよぉ。あたし、ここやだぁ」

蔦岡があらわれた。上は鮮やかなピンク色のニット、首元と袖口《そでぐち》にひらひらのフリルがついている。下はデニムのスカート、それも膝上までの長さというか短さ。それにロングのムートンブーツといういでたち。今日はまた一段と可愛い。可愛い道《どう》、ここに極まれり。

「よ、米村先輩？　どうしてここに？」

「う、ああ、ラ、ライブを観《み》に」

「米村先輩って、ゲロ、いえ、藤枝さんと仲いいんですか？」

「そういうわけじゃないけど」

そんなことはどうでもよかった。大河原くんと蔦岡が並ぶ姿を見て、真弓子は鼻の奥がつんとしてきた。

「これ」定期入れからチケットをだし、大河原くんに渡した。「会場はそのカーテンのむこう？」

「マジやばいですよ、米村先輩」蔦岡が意地の悪い目をして、忠告するように言った。うっすらと化粧をしているのがわかった。「あたし達といっしょにバックれましょ」

だれがあんた達となんか。

僻《ひが》み、妬《ねた》み、悔しさ、辛《つら》さ、そうした感情のすべてが真弓子を揺さぶった。

痛いよ。痛い。胸が痛くてたまらない。

どうしてわたしは大河原くんなんかを好きになったんだろう。

おれ、米村って、声はいいと思うよ。

声、ほめられただけなのに。

マジでいいと思ってるんだぜ。なんつうか、ここに響くんだよ、米村の声って。

つまりは声以外にほめるとこないってことだしさ。

真弓子はカーテンを開き、中へ入った。

薄暗い会場はがらんとしていた。だれもいない。客は真弓子だけだった。

ステージにはベースをかかえた女がスポットライトを浴びていた。藤枝だ。髪の毛を逆《さか》立《だ》て、下着かと見紛《みまが》う格好である。

「カモンエブリバディ！」

真弓子を待っていたかのように、藤枝はマイクにむかってがなりたてた。

エブリバディって、わたしひとりだよ。

「ワン、ツー、スリー、フォー！」

藤枝はシャウトしつつ、ぴょんぴょん飛び跳ねながらベースを弾《ひ》いている。そしてマイクにむかって怒鳴《どな》りだした。ちがう。唄っているのだ。

凄いあたしを見せてやるよ。

今日、学校で藤枝はそう言っていた。

ある意味凄い。なにが凄いんだかわからないけど凄い。こまったことに、真弓子はその凄さに感動していた。

かっこいいよ、藤枝。

「あんた、めちゃくちゃかっこいいよっ!」

胸の内で呟くべきことを口にだしちゃったよ。

藤枝は真弓子を見て、にやりと笑った。

今頃わかったの、とでも言いたげに。

④

市電に乗っていると頭上で声がした。相手がだれであるかはすぐにわかった。読んでいたとは言えない、ただ字面《じづら》を追っていただけの文庫本を閉じ、真弓子は顔をあげた。白衣を着た大男が微笑《ほほえ》んでいる。ドラッグ小川だ。

「どうも。ご無沙汰《ぶさた》してます」

「ほんとだよ」人懐《ひとなつ》っこい笑みだ。「一年以上、会ってないよね」

高校の頃、真弓子は地元のＦＭ局の番組、『ドラッグ小川のエクセレントサンデー』のアシスタントをつとめていたことがあった。

「読んでいる本はあいかわらずＳＦ?」

小川が訊《たず》ねてくる。

「あ、いえ」文庫本には、書店で買ったときにつけてもらったカバーがそのままだった。

「ちがいます」

「ふぅん」

話しかけておきながら、小川は黙ってしまった。真弓子のほうすら見ていない。彼の視線は車窓の外にあった。

そうなんだよなぁ、このひと。

いっしょにラジオ番組をしていた頃を思いだす。話をふってくるのはいいのだが、それに対し、真弓子が答えても、ふぅん、そうなんだぁ、と気乗りしない返事をして、でさ、とちがう話に切り替えてしまうことがよくあった。番組がおわったあと、ディレクターの佐田に注意されても、そうだったかなぁ、と小川は首をかしげるばかりだった。真弓子は文庫本を開き、つづきを読むことにした。どうせあとふたつさきの停留所で降りるのだ。話をするにも半端《はんぱ》である。文庫本はＳＦではない。もうＳＦを読む必要はなくなった。いま読んでいるのは『赤毛のアン』だ。

「あれ?」頭上でまた頓狂《とんきよう》な声がした。「いま、五月だよなぁ」

『赤毛のアン』を閉じて膝《ひざ》に置き、ふたたび小川を見あげる。

「今日は五月の二十五日です」

番組のアシスタント当時と同様、真弓子は自然とフォローした。

「今頃、里帰り?　きみはたしか東京の大学へいったんじゃあないの?」

その話か。いくとは言っていない。いけなかったとも言ってないけど。

「地元の大学にしたの?　それとも」小川はとなりの県の国立の名を挙げた。「あそこ?

だったらぼくの後輩になっちゃうぞ」

「ちがいますよ」自虐的にならない程度の笑みを浮かべ、真弓子は言った。「東京の、落ちちゃったんですよ」

東京の、だけではない。受けた大学、すべて落ちた。かすりもしなかった。だがそこまで言う気はない。

「そうなの?」小川が目を丸くしている。本気で驚いたようだ。

「高木先生から聞いていませんか?」

高木は放送部の顧問だ。高校のときの話なので、だった、である。

「ああ、うぅん。どうだろ」

聞いてて忘れたのかもしれない。

「だけどさ、なんで落ちちゃったの?」

デリカシーのかけらもない質問だ。しかし小川だとそれがなんとなく許せる。

「テストで合格ラインに達しなかったからです」

「そっか。そ、そうだよね」

小川がしどろもどろになっているあいだに、真弓子の降りるべき場所に市電は停まっていた。

「わたし、これから予備校なんで」

「そうなんだ。えぇと」

目が泳いでいる。励ます言葉をさがしているらしい。昔と変わらないな、このひと。昔といってもアシスタントをしていた頃から、二年も経《た》ってないけど。

ついには助けをもとめるような目で真弓子を見ている。

励ますべき相手に助けをもとめるってどういうことよ。

「あたしはあたしでがんばってますから、気にしないでください」

「あ、うん。じゃあ、おれもがんばる」

真弓子は笑った。そして二両編成の市電から飛び降りた。

無理をして高いレベルの大学を受けたわけではない。いずれも自らの偏差値に鑑《かんが》みても、真弓子にとって分相応《ぶんそうおう》のところだった。

試験当日、からだの調子が悪くなったとか、気持ちを動揺させる事件が起きたとか、そんなことはなにひとつなかった。本番に弱いのでもない。多少は緊張していたものの、受験生としてごく当然の範疇《はんちゅう》だった。ならばこの結果はどういうことか。すべての大学を落ちるなんて。

いちばん最後の合格発表は東京の私立だった。大河原くんの第一志望だ。真弓子の学力をもってすれば鉄板のはずだった。

ところがどうだ。

貼りだされた合格発表の番号の中に、自分のがないとはっきりわかったとき、真弓子はめまいを感じ、あやうく倒れかけた。万歳三唱《ばんざいさんしょう》や胴上げをしている合格者を横目でにらみつつ、校門をでて、近場のコーヒーショップに入った。真弓子も名前だけは知っているアメリカからきたチェーン店だ。地元にはまだないために注文のしかたが要領をえず、カウンターの前でまごついてしまった。どうにかコーヒーを買い求めることができたものの、店内はたいへんな混み様《よう》だった。ひとつだけ見つけた空席へむかい、ほんの手前まできたところで、その椅子《いす》にヴィトンのバッグが投げ置かれた。持ち主は派手な格好をした若い女性だった。彼女はまだなにも買っておらず、真弓子を一瞥《いちべつ》してから、口元を緩《ゆる》ませ、そのままカウンターへむかっていった。

バッグをどかして座ってしまおうか。

思っただけで実行する度胸は真弓子にはなかった。トレーにコーヒーのマグカップを載せたまま、カウンターの列に並び直した。にっくきヴィトン女はわけのわからない長い名前の飲み物を、メニューも見ずに口にしていた。

コーヒーを持ち帰り用の紙コップに入れ直してもらい、真弓子は店をでた。しばらく歩き、公園を見つけた。ベンチはなかったが、かわりに動物のカタチをした遊具があった。

子供であればまたいで座るとちょうどいいサイズで、真弓子はカバにお尻だけをちょこんと乗せた。

紙コップにかぶせられた蓋《ふた》を開き、コーヒーの匂いを嗅《か》いだ瞬間、涙が溢《あふ》れでてきた。不合格だった事実に泣いたのだが、それも含め、真弓子はこう思っていた。

わたしは東京に負けたのだと。


市電の停車所から予備校までのわずかな距離を、真弓子は足早に歩いていった。なるべくひとと視線があわないよう、背を丸めて深くこうべを垂れていた。

入り口のところで知った顔の幾人《いくにん》かと会った。真弓子と同様の浪人生だ。今年の一月までここにいて、いまもここにいるのだから間違いない。だがあいさつは交《か》わさない。もともと会話をする仲ではなかった。いまはなおさらだ。よぉ、同志とでも言えばいいのか。そんなことできやしない。

今日の授業は二階だ。階段を駆けのぼっていくと背後から「マユさんっ!」と呼ばれた。無視ができないほど溌剌《はつらつ》とした声だ。勉学のみに励むべき場所にはまるで似つかわしくない。真弓子は踊り場で立ち止まり、ふりむいた。

予備校、変えたほうがよかないか、と言ったのは父さんだった。母さんも同意した。娘のできの悪さが信じられず、予備校のせいにしたそうだった。しかし悪いのは自分自身である。真弓子は、いまんとこでいいよ、と答えた。

にもかかわらず、四月になってから真弓子は後悔しだした。高校の後輩が同じ予備校に大勢通っていたのである。すれ違いざまに、おや、と首をかしげられたことが幾度もあった。会釈《えしゃく》されるのもいやだが、視線をそらされるのもなおいやだった。

そんな中、ただひとり声をかけてきたのがこいつだ。蔦岡るいが階段を一段飛ばしでのぼってきた。制服に淡いピンクのカーディガンを着ている。スカートから見える健康的な足が眩《まぶ》しい。階段下にいる男子の全員が立ちすくみ、蔦岡の後ろ姿に釘づけなのがわかる。

「おはようございますっ」

「おはよ」真弓子は短くあいさつを返した。「いつも元気ね」皮肉半分にそう言ってみる。

「元気だけがあたしの取り柄《え》ですから」

蔦岡はぺろりと舌のさきをだした。それもまたごく自然だから憎たらしい。練習して身につけたのか、東京で育った子はみんなこうなのか。そんなことでいちいち僻《ひが》む自分が恥ずかしくなった。

屈託《くったく》のない笑顔を浮かべる蔦岡は真弓子の腕に手をまわし、寄り添いながら、二階へあがる階段に足をかけた。

「さ、いきましょ」

蔦岡に引きずられるように真弓子も階段をのぼりだす。二階まであがり、さらに並んで廊下を歩きすすんでいく。まわりのみんなの視線が自分達に集まっているのがわかる。わたしのことは見てないや。真弓子は苦笑してしまう。視線は蔦岡に集中していた。

「なに笑ってるんです、マユさん」

「なんでもないわ」

蔦岡がマユさんと呼ぶようになったのは、予備校にきてからだ。高校の頃は米村先輩だった。

「今日もランチ、いっしょに食べません?」

蔦岡は月火木の夜、そして日曜の午前だけの授業を受けているそうだ。他の日は顔をあわす程度だが、日曜は必ずこうして彼女から昼食を誘ってくる。

「いいけど」

断りはしない。むしろ快諾する。蔦岡との昼食は浪人生活唯一の楽しみになりつつあった。彼女から大河原くんの近況が聞けるからだ。

大河原くんはもう地元にいない。年下のカノジョに振り回されていたくせに、第一志望に見事合格し、四月から東京だった。そしてときどき蔦岡に自分が読んだSFをすすめて、本を貸している。いずれも真弓子も高校時代に彼から借りて読んだものばかりだ。その粗筋《あらすじ》と感想を蔦岡にねだられるので、教えてあげることも何度かあった。

「新しい店ができたの、マユさん、知ってます？」

「どこに？」

「ここからだとちょっと遠いとこなんですけど、いきます？」

「蔦岡のちょっとは怪しいからな」

「そんな意地悪言わないでくださいよぉ」

二週間前、ちょっと遠くと誘われ、いったさきが海岸のほうのレストランだった。おかげで午後の授業に十分遅刻した。蔦岡もそのことを思いだしたらしい。

「こないだみたいなことにはなりませんから。すぐそこですよ。いまさっき自転車で前を通ってきたんですけども、この町の店にしちゃあ、よさげでしたよぉ。ねえ、いきましょうよぉ」

真弓子の教室の前に着いていた。蔦岡は腕から離れたが、名残惜《なごりお》しそうに、真弓子の指に自分の指をからめてくる。されるがままにしているがやはり恥ずかしい。

「いいわよ、いくわよ。だからもう」

手を放して、と言う前に蔦岡の手は離れていた。このタイミングが絶妙だ。離れてしまうと物寂《ものさび》しい。こちらから手をさしだして、彼女の手を握って引き戻したくなる。大河原くんにもしてんのかな、こういうこと。

してるんだろうな。女のわたしにこうなんだ、恋人同士であれば、もっともっと激しいことをしていて当然だ。真弓子は激しいことの想像をして、ひとり顔を赤らめた。

「約束ですよ」

気づくと蔦岡はもう二メートルほどさきにいってしまっていた。真弓子に背をむけ、顔だけうつむき加減でこちらを見て、ばいばい、と手をふった。

女のわたしでも、きみにそんなことされると、ときめいちゃうよ。


去年とおなじ講師におなじ授業を受けている。とても不思議だ。人生をリピートしているようだ。だとしたら、来年もまた志望校の合格は無理かも、と背筋がぞっとした。

自分のネガティブな考えに自分で嘆いていたのでは世話ないよ。

大河原くんと蔦岡の仲を知るまでの幸福な時代を真弓子は思いだした。

放送室のブースで幾度もふたりきり、作業中にうっかり手が触れあい、顔を見合わせたことがあった。

「こういうんで恋がはじまるっていうのって、ドラマとかでよくあるよね」

胸のときめきを押し隠すために、真弓子はわざと明るい声で言った。

「実際にあるわけねぇじゃんかなぁ」

「ないない」

それから何事もなかったように作業をつづけるだけだった。

せっかくのチャンスをおちゃらけて台無しにしちゃうなんて、ほんとわたしは莫迦《ばか》だ。

二年生の冬休みのときもそうだ。放送部の幾人かでボウリングして、カラオケボックスへいった。真弓子はどっちも苦手だった。大河原くんも同様だった。ボウリングではふたりともガーターに次ぐガーターで、ビリを争った。最後の最後に真弓子がストライクをだし、大河原くんがビリになった。

カラオケボックスでは入れ替わり立ち替わり、つぎつぎと唄うみんなに圧倒されたのか、大河原くんは部屋の隅っこで縮《ちぢ》こまっていた。真弓子はその斜向《はすむ》かいでマラカスをふりつづけていた。

「あれ？ もしかして大河原くんとマユ、一曲も唄ってないじゃん」「ほんとだ。駄目だよ、そんなの」「だったらどう？ いっそのこと、おふたりさんでデュエットっていうのは」「それいい。そうしよ」「曲なににする？」「『渋谷で五時』は？」「いいんじゃない？ いいよね、ふたりとも」

チャンス到来、とは思わなかった。心の準備もへったくれもない状況に真弓子は戸惑うばかりだった。

「む、無理だって。わたし、その歌、知らないもん」

「平気平気。練習のつもりで」

練習と言われてもいつ本番があるのだ。

「唄えないって。勘弁してよ」

「え？」いつの間にか大河原くんが真弓子のとなりにいた。しかも両手に一本ずつマイクを握ってだ。「唄わないの、米村？」

「唄うの、大河原くん？」

そのときにはもう曲のイントロが流れていた。

「じゃ、あたし、唄っちゃお」べつの女の子が大河原くんからマイクを奪ってしまった。


「マユさんっ！」

午前の授業がおわった教室に、蔦岡が飛び込んできた。

「早くいきましょ。そんなに時間ないですよ」蔦岡が真弓子の右手首をぐいと握ってひっぱった。「早く早くっ。なんだったらあたしの自転車でいきましょうか？」

蔦岡の提案どおり、彼女の自転車で店へむかうことにした。はじめ蔦岡がハンドルを握り、真弓子が荷台に座った。しかし一メートルも進まないところで横転した。真弓子はじょうずに飛び降りることができたものの、蔦岡は自転車の下敷きになっていた。ざまあみろと思いつつ、だいじょうぶ？　と訊いた。

「この状態がだいじょうぶに見えますか？」

見えなかった。ただし蔦岡は擦《す》り傷ひとつなかった。

「わたしが運転するから。あなた、うしろ乗りなよ」

蔦岡は横座りではなく、荷台にまたがり、真弓子の腰に手をまわして、胸を背中にべったり押しつけてきた。

「あなた、いつもこうなの？」

「なにがです？」

「自転車のうしろに乗るとき」

「ええ。そうですけど、なにか問題あります？」

大ありだよ。

「密着しすぎじゃない？」

「このほうが運転しやすいって言われますよ」

だれに？　と訊《き》くのも莫迦らしい。決まっているじゃないか、大河原くんにだ。

「ここです、ここ」

なるほど、蔦岡が言うように、この町の店にしちゃあ、よさげだ。店の前で自転車を停め、真弓子も蔦岡も乗ったまま、ガラス張りの店の中を窺《うかが》った。背広にネクタイのオジサンや制服姿の女性が多く、繁盛《はんじよう》しているようだった。どうやら満席だ。

「座れないんじゃない？」自転車の置き場もなかった。

「昼時だから回転が早いはずですよ。あたし、とりあえず店入っておきますね」

そう言うやいなや、蔦岡は荷台から降りた。長い足でガードレールをひょいとまたぐ。裾《すそ》が膝下までのスカートがめくれ、太腿《ふともも》があらわになった。わざとしているのではないかと勘ぐりたくなるほどだ。

蔦岡が店へ入ったとほぼ同時に、窓際のテーブルにいたOL風の女性ふたりが立ちあがった。蔦岡はすかさずそちらへむかいながら、カーディガンを脱ぎ、それを空《あ》いたテーブルに投げるようにして置いた。東京で遭遇したヴィトン女もしていた手口だ。真弓子にオッケーサインをだす蔦岡には少しも悪びれた様子はなかった。

あれは東京では常識なんだな、きっと。

となりのスーパーの駐輪場に自転車を置き、店へ駆け足で戻った。

おや？　どうしたんだろ。

店に入る前に蔦岡がだれかと言い争いをしているのが見えた。相手は窓に背をむけているので顔は見えない。しかし制服を着ているところを見ると、どうやら店員らしい。

真弓子は揉《も》め事が苦手だ。だけど逃げるわけにはいかない。

「どうしていけないんですか」

「うちの店はね。商品買ってから、席に着かなくちゃいけないの。こんなズル」店員は蔦岡のカーディガンが置いてあるテーブルを平手で叩《たた》いた。「許さないわ」

「ズルじゃないですよ。東京じゃあふつうです」

「ここは東京じゃないわ」

憎々しいその物言いに、店員がだれなのか、真弓子は気づいた。

「あっ。マユさぁん」

店員の肩越しに蔦岡が真弓子に声をかけた。虫酸《むしず》の走る甘え声だ。店員がふりむいた。

やっぱり。

「元学級委員?」

藤枝だった。

やだ、藤枝、化粧してる。

それにしてもへたくそな化粧だ。厚塗りでケバケバしい。こんなんであれば、スッピンのほうがまだましだよ。

「ひ、ひさしぶり」

真弓子は愛想《あいそ》笑いを浮かべた。ほかにどんな顔をすればいいか、わかりゃしない。

「いまあたし、藤枝さんにイジワルされてるんですぅ。助けてくださぁい」

蔦岡が不満をもらす。口を尖《とが》らしているその表情はとても可愛《かわい》い。可愛いを極《きわ》めた可愛いの中の可愛い。可愛いの国から可愛いを広めにきた可愛い。マスター・オブ・可愛い。

レジェンド・オブ・可愛い。

わたしに助けをもとめなくたって、いま、まわりにいる男達のだれもがきみの助太刀《すけだち》をするよ。どれだけ藤枝の意見が正しくってもね。世の中そんなものだ。

「あんたもグル?」藤枝はドスのきいた声で言った。

「グルってわけじゃないけども」

「マユさん、あたしのこと、裏切るんですか」

「ちがうって」

裏切りだなんて大仰《おおぎょう》な言葉、ださないでほしい。

客や店員のほとんどが自分達を見ているのがわかった。なにが起きているのか気にしているのだろうが、男の視線はすべて蔦岡にあった。下唇を噛《か》んで拗《す》ねた表情で、目を潤《うる》ませている。

可愛い戦士カワインダー、必殺ウルウル涙目ビイィムッ! ってところだ。いやはやなんとも。

「なにかございましたか」

店の奥から三十過ぎくらいの男性がでてきた。藤枝と同じ制服を着ている。

「店長っ。この女が商品も買わないで席とっちゃったんです。うちの店、そういうの、許していませんよね。ルール違反ですよね? ね? そうですよね」

唾《つば》を飛ばさんばかりの藤枝の勢いに、店長と呼ばれた男はたじろいでいた。

「え？　あ、うん、それは」

「ほら、駄目なんだよ」

藤枝はカーディガンをつかむや否《いな》や、蔦岡に投げつけた。

「きゃっ」蔦岡ときたら悲鳴まで可愛らしい。「なにするんですぅ。ひどぉい」

たしかに藤枝がしたことはひどい。だが真弓子は溜飲《りゅういん》が下がる気持ちになっていた。

藤枝、よくやったと肩でも叩いてやりたいほどだ。

「お客様になんてことを。申し訳ありません」

店長は床に落ちたカーディガンを拾い、蔦岡に渡すと、平謝りにあやまった。

「なに言ってんですか、店長。あたしの話、聞いてました？　こいつ、客なんかじゃありませんよ。商品買ってないんですから」

「そういう問題じゃない」

「だったらどういう問題なんですか」

「きみ自身の問題だ。今日一日、いや、十二時すぎだからまだオープンして五時間も経ってない。そのあいだにどれだけ問題を起こした？　あん？　コーヒーはいれられない、レジはうてない、釣り銭は間違える、オーダーは満足にとれない、テイクアウトの商品を入れ間違える、マグカップや皿は床に落とす、そして今度は客と喧嘩《けんか》か。いい加減にしてくれ。きみはうちの店の評判を落とすために、ライバル店からきた刺客《しかく》か？」

店長は藤枝に対して積もり積もっていた怒りが爆発したようだ。ぜいぜいと肩で息をしている。

そんな彼を藤枝は二、三秒、にらみつけていた。噛みつかないのが不思議なぐらいの雰囲気を漂《ただよ》わせながらだ。

「こんなとこ、辞《や》めてやる」

吐き捨てるように言い、藤枝は表へ飛びだした。

「藤枝さんっ」

真弓子は思わず声をかけ、あとを追いかけたものの、店をでたときには信じられないほど遠くへ走り去っていた。

その後、店長に平謝りされたうえに引きとめられもしたが、真弓子と蔦岡は十数メートル先にあるハンバーガーショップへいった。蔦岡は不服そうだったが、文句は言わなかった。ところがいったさきも満席だった。またべつの店を選ぶとなると面倒なので、そこでランチセットを買い求め、自転車をふたり乗りして予備校に程近い城址《じょうし》公園へむかった。

園内にある『みんなの広場』という素っ気《そけ》ない名称の野原に、真弓子と蔦岡は並んで座った。やや傾斜がかったそこには、親子連れやお年寄り数名のグループが点在していた。

ギターを奏《かな》でるひともいる。けっこう達者な腕前だ。

「なにしてるのって声かけられたとき、藤枝さんとは気づきませんでしたよ。すっごい化粧してたし。もとがひどいのにさらにひどくする必要ありませんよねぇ」

可愛い顔で悪態をつくところがまた愛らしく見えるのだからおそろしい。

「制服も似合ってなかったなぁ。そういえばあのひと、あの格好のままででていっちゃいましたよね。自分の服とか荷物、店に置きっぱなしにしてっちゃったのかなあ、財布も持ってたと思えないし。あのひと、家まで歩いて帰るんですかね」

「さあね」

真弓子はなんとなくおもしろくなかった。藤枝の肩を持つ気はさらさらない。そんな義理もない。それでも蔦岡に対し、おまえごときに藤枝のなにがわかるんだと思ってしまうのはどうしてだろう。

「だけど藤枝さん、なんであそこで働いてたんだろ」

「彼女がどこで働こうといいじゃない」

「だってあのひと、東京にいるはずなんですよ」

「東京？」

「東京の劇団だか俳優の養成所だかに入ったらしいって、放送部のだれかが言ってました」

あたしは自分に正直だからね。大学なんて言い訳つかわない。卒業式のあとすぐ、東京へむかう。

藤枝が言っていたことを真弓子は思いだす。

ほんとに東京へいってたんだ。

「そういえばマユさん」

「なに？」

「去年のクリスマスライブ。藤枝さんのライブって最後まで観《み》たんですか」

「最後まではちょっと」

「ですよねぇ」

たったひとりの観客だった真弓子は、はじめのうちこそ藤枝のことを「凄《すご》い」と思いはしたものの、やがて後悔の念にかられていった。ライブはいつまで経ってもおわる気配がなく、一時間を過ぎた頃、藤枝が観客席に背をむけた隙《すき》に逃げた。階段の途中、「モトガッキュウイイィィン」と地獄の底からの叫びのような声が聞こえたが、両手で耳をふさぎ、さらに足を早めた。

その後、藤枝とは話をしていない。卒業してから顔を見たのは、今日がはじめてだ。

「あなたたちはどうしたの、あのあと」

「あたしと大河原先輩ですか？　どうもしませんよ。あんとき先輩、風邪《かぜ》っぴきでしたし。ライブはじまると同時に家、帰りましたよ。ほんとサイテーなクリスマスイブでした」

蔦岡はMサイズのコーラを右手に持ち、ストローで啜《すす》った。ずずず、という下品な音も彼女であれば愛らしく聞こえるから不思議だ。

「せっかく水着、新しいの買ったのに。結局、それ着たあたしのこと、大河原先輩にまだ見てもらってないんですよ」

「だったら」もしかしてそのさきはまだなの？

あやうくそう言いかけ、真弓子は口を閉ざした。

「大学、受かったあと、東京いくまでのあいだ、百田楼の温水プール、何回か誘ったんですけどねぇ。いっつも体《てい》よく断られちゃって」

「そういえば大河原くん、東京でどうしてる？」

「元気にやってるみたいですよ」

蔦岡の顔が一瞬、曇ったのを真弓子は見逃さなかった。

「みたいって。電話とかしてるんでしょ」

「ええ、まあ。それはもちろん」

「どんな話してるのさ」

「どんなって、そうですねぇ」蔦岡は小首をかしげた。「大河原先輩の大学、東京でも西のはずれなんですよ。ここよりもずっと田舎《いなか》だって言ってました」

そんなことは知ってる。なにせ受験したんだから。

「ほかには?」

「サークルはアナウンス研究会に入ったそうです。なんでもそこはOBやOGにキー局のアナウンサーが何人もいるとかで」

「それから?」

「あとはとくに」

「なんでゴールデンウィーク、こっちに戻ってこなかったの?」

「バイトが忙しいから帰れないって」

「バイトってコンビニだったっけ」

「ええ、ほとんど毎日やってるらしくて」蔦岡はつまらなそうに答える。「でもまあ、どうせあたし、ハワイいってましたし」

「ハワイ?」

「うちの家族、ゴールデンウィークは毎年、家族でハワイの別荘へいくのが恒例なんですよ」

「あ、ああ。そうなんだ」

しばらくふたり黙って食事をつづけた。

雲ひとつない晴天だが、浪人生にとっては無用の長物でしかない。却《かえ》って心は虚《むな》しくなるばかりだ。好きだった、いや、いまでも好きな男のカノジョとふたりだとさらにだ。

「おっともうこんな時間だ。そろそろ予備校、戻ろっか」

蔦岡から返事がなかった。おや、と思い顔をのぞきこむと、彼女の瞳には涙が溢れてきていた。

「どうしたの、蔦岡」

「あたしたちもう」嗚咽《おえつ》をもらしながら、蔦岡は絞りだすようにこう言った。「駄目かもしれません」

よっしゃぁぁぁああ。

真弓子は胸の内で快哉《かいさい》を叫んだ。頰《ほお》が緩《ゆる》んでしかたがない。それを両手で隠し、目が笑わないよう、眉間《みけん》にしわを寄せ、「大河原くんとなにがあったの？」と声のトーンを抑え訊ねた。

「ちがいます。なにもないんです」

体育座りの蔦岡は頰を伝う涙を手の甲で拭《ぬぐ》った。その仕草がこれまた可愛い。でもいまはその可愛さも無駄遣いだ。

「電話で話してても、昔みたいに会話が弾《はず》まないんです。カレ、ジャズとＳＦの話しかしないし。心がすれ違っちゃってるっていうか、なんかそんな感じで」

はははははははは。

今度は胸の内で高笑い。真弓子は頬の内側を奥歯で嚙んだ。そうでもしないとにやついてしまうからだ。

「どうしたらいいと思います、マユさん」

「え、あ、いや」

「あたし、友達いないじゃないですか。だから、こういう話、マユさんにしかできなくて」

「友達いないことないでしょう」

真弓子は放送部員の名前を幾人か挙げた。蔦岡と同学年で、なかよくいつもつるんでいる子達である。ところが蔦岡は首を横にふった。

「彼女達とはたしかになかよくはしてますけど、こういう話はなかなかできなくて」

それってなんかわかるよ。

伏し目がちの蔦岡を見つめながら、真弓子は思った。高校時代、自分にも友達はいた。でも結局、だれにも大河原くんについて話したことはついぞなかった。

そしてまた、なぜだか真弓子の脳裏《のうり》には藤枝の姿がちらついた。

藤枝はいつもひとりぼっちだ。つるむ友達すらいないはずだ。好きなひとのことで相談する相手がいるとは思えない。そもそも彼女に好きなひとなんているのかしら。

「マユさん。大河原先輩に電話してもらえません?」

「わたしが?」

　蔦岡はこくりとうなずいた。

「ちょっと待って。なに、それって東京の下宿にってこと? でもわたし、電話番号知らないし」

「予備校戻ったらメモして渡しますから」

「だけどわたしが電話してどうすればいいわけ?」

「探《さぐ》ってほしいんです」

「探る? なにを?」

「大河原先輩がほかに好きなひとができたかどうか」

　真弓子は自分の耳を疑った。

「えっと、あの、それはその、なんかこう、怪しいと思えることがなにかあったのかしら」

「とくにはないんですけど」蔦岡は上目遣いで真弓子を見た。「大河原先輩、マユさんには信用厚いんですよ。マユさんにならばなんでも話せるって言ってたことあったし」

「そ、そうなんだ」

　それがよろこぶべきことなのかどうか、真弓子にはわからなかった。

「あたし、入部したての頃は、マユさんと大河原先輩、つきあってると思ってたんですよ」

以前におなじことを言ったひとがいた。真弓子が高一のときの放送部の部長だ。元気かな、激怒部長。彼女も東京にいる。ミッション系の大学に進学したのだ。

「嘘、どうして?」

「そんな雰囲気、醸《かも》しだしてましたもん。大河原先輩に訊いたら、莫迦言えって笑われましたけど」

莫迦言えって、なによ。笑うこともないのに。でも実際、つきあっていなかったのだからしかたがない。

「電話、してくれます?」

だからその必殺ウルウル涙目ビームは女のわたしにはきかないって。

と思いながらも、真弓子は「いいわよ」と承諾していた。

「あら、真弓子」玄関で靴を履《は》いていると母さんが声をかけてきた。「どうしたの、こんな夜遅く」

「遅くないよ。まだ九時だもん」

「じゅうぶん遅いわよ。どこいくつもり?」

「ベンジャミンの散歩に決まってるでしょ」

「いいわよ。母さん、さっきいってきたから」

「え？　そうなの？」

「明日から、朝も母さんがするわ」

「なんでよ」

「父さんがそうしろって言ったからよ。真弓子に余計な負担をかけちゃいけないって」

「余計な負担？」

「だってあなた、受験生でしょ」

「そりゃそうだけど、中三のときも去年も、ベンジャミンの世話はわたしがずっとやってきたんだし」

「中三のときはともかく去年はそれで、ね？　芳《かんば》しい結果が得られなかったわけでしょう？」

「ベンジャミンのせいで大学を落ちたってこと？　莫迦言わないでよ」

真弓子はいつの間にか声を荒らげている自分に気づいた。母さんを見ると、その表情は当惑を隠し切れていなかった。ごめんなさいとあやまることもできるはずだ。でもいまの真弓子にはできなかった。

どうしました？　何事です？

ベンジャミンの吠《ほ》える声が表から聞こえてきた。

「変な気ぃつかわないでくれる?」

「わかったわ」母さんはため息まじりに答えた。「あなたの好きになさい。だけどさっきも言ったように今夜はもう」

母さんの言葉を最後まで聞かずに、真弓子は表へでた。

ごめんね、母さん。今夜じゃなきゃ駄目なことがあるんだよ。

ジャージの左ポケットは十円玉と百円玉で膨《ふく》れていた。


いつもの散歩の道とちがいますね、真弓子さん。海へいかずに山のほうへむかうなんてはじめてじゃないですか。

「たまにはいいでしょ」

そりゃま、たしかにそうですけど、足元がはっきりしないほど暗いのは、どうもこの、いただけませんねぇ。

「文句言わないでついてらっしゃい」

はいはい。わかりました。おっと、ありゃなんです?

ベンジャミンの視線のさきにあるものこそ、真弓子の目的地だった。

公衆電話のボックスである。

舗装されていない田舎の一本道、電柱の下、それはぽつんとあった。近くに民家もなければ、なにかしらの店があるわけでもない。経路ではないので、バス停もない。NTTがなにかの手違いで設置してしまい、そのまま撤去することなく、忘れられたかのようだった。

いったいだれが使うのだろうと思っていたが、まさか自分が使うことになろうとは。家の電話を使ったところで、別段、文句を言う両親ではない。長距離だからといって真弓子自身、遠慮したわけでもない。だけど大河原くんにかけるとなると、やっぱり親には聞かれたくない。話だってどう展開するかわからない。途中、泣きだすことだって大いにあり得る。

まったく厄介《やっかい》なことを引き受けてしまったものである。そのくせ、あと数分足らずで大河原くんの声を聞くことができると思うとうれしくはあった。気が重いのに浮かれているという、十九年の人生であまり味わったことのない複雑な心持ちだ。

公衆電話のボックスまでまだ数十メートルはある。そこまで緩やかな坂をのぼっていかねばならなかった。ところどころ民家の灯《あか》りはあるものの、ベンジャミンが言うとおり、足元もはっきりしない暗さだ。月はでているが地面を照らすにはからだが細すぎる。それも時折、雲に隠れてしまう。風になびく草木や遠くからのさざめく波の音も聞き慣れているはずなのに、夜道をひとり歩いていると不気味でならない。

いや、ひとりじゃなかった。こいつがいたんだっけ。

「だけどあんたじゃねぇ」

暴漢にでも襲われたとき、ベンジャミンが助けてくれるとは思えない。さっさと逃げてしまいそうだ。

え？　なんです？　真弓子さん。ぼくがなにか？

「なんでもないわ」

そのときだ。電話ボックスをはさんで反対側に小さな光が見えるのと同時に、どどどど、とエンジン音が聞こえ、だんだんと近づいてきた。光もまたそれに伴って大きくなっている。バイクが緩やかな坂を降りてきているのだ。

こっちにくるっ。真弓子は身を硬くした。ベンジャミンも同様だった。立ち止まり、真弓子の顔を見あげている。

ど、どうしましょう、真弓子さん。

どうしましょうって。

逃げます？

ところが心配するには及ばなかった。バイクは電話ボックスの前で停まったのだ。昔の映画にでてきた形のバイクだ。あれはなんという映画だったろう。出演していた女優の名は浮かぶ。オードリー・ヘップバーンだ。

そのバイクからひとが降りた。薄手のジャンパーにジーンズといういでたちだが、からだの丸みから女性のようだった。ヘルメットを外してもまだ顔は判然としない。さきを越されてしまった。女性だろう人物は電話ボックスに入っていったのだ。灯りがその顔を照らす。やはり女性だ。しかも真弓子が知っているひとだった。郷土の星。百田楼の次女。シンクロナイズドスイミングの選手。岸いずみだった。もらった名刺はまだ家にある。

岸がどれだけの時間、電話をしていたかはよくわからない。たぶん二十分程度ではなかったか。真弓子は何度か帰りかけたものの、母さんと言い争いまでして家をでてきたのにと思いとどまった。ベンジャミンはといえば、あたりをうろつきはしていたものの、吠えたりもせずにおとなしくしていた。

おかげで岸には気づかれずにすんだ。彼女は電話をおえ、ボックスからでてくると、闇夜にむかって「ッタクヤッテランネェヨォォ」と叫んだ。昔、FM局で会ったときの彼女からは想像がつかない姿だった。あまりに突然のことに真弓子も驚いたがベンジャミンはそれ以上だった。なにせ腰を抜かして、お尻をぺたんと地面についたほどだ。

それから岸はまだなにやらブツブツ言いながら、バイクにまたがり、もときた道を去っていった。

どど、どうしちゃったんですかね、あのひと?

「ひとにはいろいろあるわよ。ほら、いつまでも座り込んでないで、さっさと立ちなって」

いったいどこのだれに電話をしてたんでしょうねぇ。

「わたしが知るはずがないでしょ。だいたい他人の詮索《せんさく》なんかしてる余裕ないっていうの」

右手で握った受話器はまだ生暖かかった。耳に押しあてるとそこもまた同様だった。ちょっと湿っているようにすら思える。だが気にしてはいられない。ジャージのポケットから小銭を十数枚だし、電話機の上に積んだ。それから大河原くんの電話番号をメモした大学ノートの切れ端もだす。市外局番は03ではなく、042だった。いまいち合点《がてん》がいかないのだが、それはしかたがないことだ。大河原くんの通う大学は東京の西の果てで、彼の下宿先はその近くなのだから。

受験日、雪積もってたもんなぁ。

十円玉を数枚入れて、ダイヤルをまわす。

おっといけない。市外局番のつぎの番号を間違えた。受話器をもとに戻す。じゃらじゃらじゃらと十円玉が返却口に落ちてきた。

だいじょうぶですか、真弓子さん。

ボックスの外でベンジャミンは心配そうだ。

「だいじょうぶよ」

はじめからやりなおす。今度は間違えずにすんだ。呼びだし音が鳴る。一回、二回、三回、四回。動悸《どうき》が激しくなっていくのがわかる。五回、六回、七回。いっそのこと、このままでてくれるなとさえ思ったときだ。

「もしもし」

昔、恋《こ》い焦がれたひとの声が耳に流れ込んできた。

「大河原健児くんのお宅でしょうか？」

「もしかして米村？」

「あ、うん。そう」

「おれ、いま風呂入って、頭を洗ってたとこなんだ。シャンプー流さずにそのままでてきちまったよ」

文句を言ってはいるものの、不機嫌ではなかった。むしろ楽しんでいるかのような快活さすらある。それでも真弓子は「ごめん」とあやまっていた。「かけなおそうか」

すると電話のむこうで大河原くんが大きなくしゃみをした。

「おれ、素っ裸でさ」

「そ、そうなんだ。ごめん」とまたあやまってしまう。

「三分かけずにぜんぶすませてくっから、切らずに待っててくれる?」

「あ、うん」

ごたがた。大河原くんは受話器を保留にせず、どこかにそのまま置いたようだ。

おや? 人声がする。だれかいるのだろうか。

しかしわざとらしい笑い声も聞こえてきたので、それがテレビの音だと気づいた。

きぃぃぃばたん。軋《きし》んだこの音はなんだろう。風呂場のドアか。

かすかだがシャワーの音も聞こえてきた。おれ、素っ裸でさ。真弓子はひとり頰を赤める。大河原くんのからだは水泳の授業のとき、見たことが幾度かある。逞《たくま》しくはない。腹筋が割れていることはなかったし、力こぶだって満足につくれそうになかった。といって生《なま》っ白《ちろ》くて貧弱そうだったわけでもない。ごくふつうだった。ぜんたいにつるんとしていた印象がある。

乳首の色が他の男子よりも薄かったっけ。淡いピンク色。いやだ、なんでわたし、こんなこと、おぼえてるんだ。

「お待たせ」大河原くんの声だ。「あっ、ちょっと待って。テレビ、消すから」

わざとらしい笑い声がぶつりと消える。

「見てたわけじゃないんだ。一人暮らしをしてると、どうも寂《さび》しくて。とくに夜なんかはずっと点《つ》けておいちゃうんだよね」

大河原くんは言い訳のように言った。

「で、なんの用？」

そうだよね。恋人でもない女がなんの用もなく、電話をかけてくるはずがないよね。

「どうしているかなぁと思って」

「なんだよ、それ」大河原くんが笑う。おおらかなやさしい笑い方は高校時代と変わらない。「なんとかやってるよ」

「アナウンス研究会に入ったんだってね」

「なんで知ってんの、そのこと」

真弓子は答えにつまった。つまる必要なんかない。蔦岡から聞いたのよ、と答えればいいだけのことだ。

「るいから聞いた？」

ああ、きみは蔦岡を下の名前で呼んでいるのだね。

「あ、うん」

「この電話番号もるいに？」

「そう」

ちょっとだけ沈黙が流れた。

「米村、おまえ、るいになにか頼まれた?」

「え? そんなことないって」

「ほんと、るいのヤツにもこまったもんだよ。あれだろ、きっと。おれにほかに女ができたかどうか、探ってほしいとか言ったんだろ、あいつ」

どんぴしゃりだ。なにもかもお見通しなわけね。それだけ大河原くんは蔦岡のことをよく知っているという証明でもある。

「いや、あの、蔦岡から相談受けてね。だったらわたしが大河原くんに訊いてあげるって」

つまらない嘘である。だれのための嘘かもわからない。

「米村よぉ」大河原くんが大きくため息をついた。「おまえ、おれがどんだけもてなかったか、高校時代、ずっといっしょにいて知ってるだろ。脈ありそうだと思ったの、米村くらいだったし」

「え? わたし?」

「やっぱなぁ。おまえ、全然、気づいてなかったんだ。もう時効だから言っちゃうけどさ。おれ、一年のとき、おまえに告白しようと思ってたんだぜ。手紙まで書いたんだからな」

「嘘?」

「嘘じゃない、マジだって。だけどおまえ」大河原くんは当時のバスケ部のキャプテンや水泳部の某の名を挙げた。「とかが好きだったんだろ」

それは友達どうし、好きなひとの話になったときのその場しのぎだった。

でもそれをなぜ大河原くんが知ってたんだ？

「告白する前に、米村のこと、事前調査してさ。みんながあの子、ああ見えてマッチョ好きだから、大河原はぜったい無理だって」

「だ、だれがそれ、言ったの？」

「だれだったかな。忘れた」

う、あ、うう。

「にしても米村、目標、高すぎたんだよ。だから三年間、カレシできなかったんだぜ。おまえ、声いいし、そこそこ可愛いんだからさ。適当なとこで手ぇうっておけばよかったのに」

真弓子は倒れないよう、電話機にしがみついた。

ど、どうしました。

ボックスの外でベンジャミンが心配そうな顔つきで、首をかしげている。

「余計なお世話か。これからるいに電話して、米村の勉強のじゃまするなって、言っとくから。迷惑かけたな」

「だけどおまえってほんとひとがいいよ。るいとおれのためを思って電話してくれたんだもんな」

「いや、べつに」

家の前でひとがうろついている。遠目でそれに気づいたときは父さんか母さんかと思ったが、いずれでもなかった。

いつだかぼくが嚙みつくと勘違いして海に突進しちゃったひとだ。そのあとも一回、お会いしてますよね、ぼく、このお嬢さんと。

藤枝だ。

「やぁ」

化粧をしていなかった。花柄のワンピースを着て、ボストンバッグをかかえ、右手に紙袋を持っていた。

「どうしたの？　こんな夜遅く」

「お金、貸して。できれば三万くらい」

当然の権利のように言われ、真弓子は面食らった。

「三万なんてないよ」

「じゃ、あるだけ」

「なんで？」

「東京いくんだ」

「いってたんじゃないの。劇団だか俳優の養成所に入って」

「劇団の研究生だったんだけど、一ヶ月で辞めて、一度こっちへ戻ってきてたんだ。バイトしてお金貯《た》めて、また東京いって、べつの劇団入るつもりだったんだけど。ほら、今日」

「辞めてたものね、バイト」店を飛びだしたあと、どうしたのかは訊ねずにおいた。とにかく、藤枝はここにいるのだ。どうにかなったのだろう。

「あれで五軒目だったんだ。あたし芸術家だからさ、バイトっていうか、仕事するのあってないみたい。しようがないよね」

お嬢さん、芸術家だったんですか。どうりでちょっとひととちがうと思いましたよぉ。

ベンジャミンが尊敬のまなざしを藤枝にむけている。

「だからバイトしてお金貯めるって計画はやめて、かわりに、友達からお金を借りて出世払いすることにしたの」

「友達って、わたしのこと？」

藤枝は顔をしかめた。

「去年のライブ、きてくれたじゃん」

「だけど」途中で逃げたよ。

「いいからお金を貸して」

貸してやってくださいよぉ。藤枝のかわりに、ベンジャミンがすがるような目で真弓子を見る。

勝手だ。あまりにも勝手だ。正直、藤枝の論理にはついていけない。だが真弓子は「ちょっと待って」と言い残し、家に戻った。

一万五千八百二十円。プラス図書券一万円分。それが真弓子の全財産だった。

「いいの？」渡すとき、藤枝がぽつりと言った。なにをいまさら。真弓子は口元が緩んだ。

「いいよ」

「あと、これ」藤枝が紙袋をさしだしてきた。「あの店の制服。返しといて。あたしの荷物、店に置いたままなんだ。とってきてくんない？」

「とってきてどうするの？」

「東京で住むとこ決まったら、連絡するから、あとでそこに送って」

これまた勝手だ。それでも真弓子は受けとった。藤枝がなにか呟《つぶや》いたのが聞こえた。

「え、なに？」

「あ、いや。うん。その。ありがと」

ぎこちない感謝の言葉だ。でも心がこもっているのはわかった。

「礼には及ばぬ」

「なにそれ？」

「今度は負けないでね」

「え？」

「東京に負けないで」

藤枝はにやりと笑った。いつもの不敵な笑みだ。

そうだよ、藤枝、あんたにはその笑顔が似合っている。

「あたしが負けるわけないじゃん。こないだは油断して足をすくわれただけさ。今度はだいじょうぶ」

去っていく藤枝を、真弓子は見送った。

あおぉぉぉぉ、あぉぉぉぉぉおおおお。

となりでベンジャミンが吠えた。

藤枝の門出《かどで》を祝しているかのようにだ。

すると藤枝が足をとめた。振り返り、手をふっている。暗くて表情は見えない。真弓子は手をふりかえした。

⑤

一浪の一年間、予備校で勉強をした結果、どうなったかと言えば、学力が下がった。その証拠に今年の春も全滅におわった。大学は五つ受けたが、かすりもしなかった。最後の不合格通知を見た母さんには泣かれてしまった。泣きたいのはこっちだよ、と思いつつ、真弓子は母さんを慰《なぐさ》めた。

「やっぱりベンジャミンの世話はあたしがすればよかった」

それはちがうよ、母さん。

「これからどうするつもり？　また一年、予備校へ通う？　今度こそちがうとこにする？」

受験が失敗におわったのは予備校のせいではない。わたしだ、わたし自身に問題があるのだ。真弓子は思う。

「しばらく考えさせて」

その日、夕食を断り、自室にひきこもっていると、会社から帰ってきた父さんがあらわれた。スーツ姿のままだった。

「寝てたんじゃないのか」

真弓子は机に座って本を読んでいた。気持ちが落ち着かず、本棚の整理をしていると、大河原くんから借りていた本が一冊、ひょっこりでてきた。『暗黒太陽の浮気娘』。ＳＦではない。ミステリーだ。

父さんが真弓子の自室にあらわれたのは、何年かぶりだった。入ったはいいがどこに座っていいかわからず、うろついていたが、結局、部屋の真ん中であぐらをかいた。真弓子は本を閉じ、椅子《いす》を半回転させ、父さんに目をむける。頭部に白髪が目立ち、顔にしわが増していた。父さんが老けている。その事実が少なからず真弓子を動揺させた。そんな娘の気持ちを知る由《よし》もなく、父さんはネクタイを緩《ゆる》めると、慰めとも励ましとも説教ともつかない言葉をつづけた。

「大学だけが人生じゃない」「あきらめるな」「父さんも若い頃は失敗の連続だった」「つめが甘い」「努力を怠《おこた》らなければ必ずいいことがある」「ここぞというときに力が発揮できないのは父さん譲りだ」「大学をでていないとまともな職業に就《つ》けない」「やはりべつの予備校にすればよかったのではないか」「努力は報《むく》われないことだってたくさんある」「あきらめが肝心《かんじん》だ」

脈絡がないのはまだ我慢できるが、矛盾が多く、支離滅裂《しりめつれつ》なのは勘弁してほしいものだ。一分前に言ったことを平気で覆《くつがえ》すのだから朝令暮改《ちょうれいぼかい》どころではない。そのうち自分でもなにを言っているのかわからなくなっているようだった。真弓子はいらだちながら、適当に相槌《あいづち》をうっておいた。

「で、どうするんだ、おまえ。これから」

「まだわかんない。しばらく考えさせて」

母さんに言った言葉を繰《く》り返した。

そして四ヶ月以上が経《た》った。真弓子はまだ考え中である。考えすぎてなにを考えているのかわからなくなるほどだ。高二のとき父さんに、将来、アナウンサーかなにか目指しているのか、と訊《たず》ねられたことがあった。当時は二十歳《はたち》がえらく遠い未来のように思え、想像もつかなかった。受験に失敗してさえいなければ、今頃は東京で青春を謳歌《おうか》していたはずだ。それも大河原くんといっしょに。

予備校へは通っていない。受験勉強はもうこりごりだ。参考書やノートを開くと気持ち悪くなるのだからどうしようもない。正直、大学はあきらめている。では大学へいかずになにをすべきか。それも考えてはいなかった。

両親は真弓子にあれこれ示唆《しさ》しようと努力をつづけていた。しかし梅雨《つゆ》がおわりかけた頃からなにも言わなくなった。夜中、台所で両親が話をしているのを漏《も》れ聞いたことがある。父さんが放っておけ、と言っていた。そっとしておけ、だったかもしれない。

つづけているのはベンジャミンの散歩のみだ。いまやベンジャミンこそ自分の生き甲斐《がい》とすら思えてきた。いや、これはいくらなんでも言い過ぎだろう。

気づけばだれとも会話を交《か》わしていない日々がつづいた。話し相手はベンジャミンだけだった。自分は生涯、このままかもしれないと思うときがあった。それでもいいとも思うようにすらなっていた。

わたしの人生は高三の文化祭までだった。

大河原くんと蔦岡がつきあっている事実を知ったあの日から、すでに晩年である。青春もへったくれもあったもんじゃない。


その日は珍しく、真弓子宛《あて》に二通の郵便物があった。一通は現金書留だった。差出人は藤枝美咲だ。中身は千円札が五枚に百円玉八枚、十円玉一枚、五円玉一枚、一円玉五枚、しめて五千八百二十円。一万五千八百二十円プラス図書券一万円分を渡したのは、去年の五月、一年以上昔のことで、ほとんどあきらめかけていた。まさか返してくれるとは。二万足らないけど。

手紙はついていない。かわりに芝居のチラシと招待券が入っていた。

『演劇界の最終兵器、ついに旗揚げ！　超演劇集団ハックルバンバー処女公演「絶望《ぜつぼう》ケ崎《がさき》獏覇《ばくは》、最後から二番目の聖戦」』

チラシにはおどろおどろしい文字でそうあった。上半身裸、下は男物らしき真っ赤なトランクスを穿《は》き、全身を金粉塗《まみ》れにした女性がこちらにむかってなにやらわめいている写真が印刷されている。

あれ、これって。

その女性の顔を凝視《ぎょうし》する。間違いない。藤枝だ。

もう一度、今度は胸のあたりを見る。真っ裸ではなく、金色のビキニを着けていた。真弓子はなんだかホッとした。貧相といっては可哀想《かわいそう》だが、見せて自慢できるほどの胸ではない。

『公演日　七月二十九（木）三十（金）三十一（土）日』

招待券は三十一日、昼二時からのだ。場所は下北沢《しもきたざわ》だ。芝居を観《み》にこいということにはちがいない。

ごめんよ、藤枝。地元だったらまだしも東京へいくのは無理。お金も気力もない。

もう一通は氷の上に夫婦か恋人同士らしきペンギンが寄り添った写真のはがきだった。なんだろこれ、と宛名のほうを見ると、『大河原健児』とあった。

「嘘っ」ひとりで声をあげてしまう。「どうして?」とも言ってしまった。

『元気かよ』

住所と名前以外はそれしか書いてなかった。まるで電報だ。

暑中見舞いにはちがいない。でもどういう風の吹き回しだろう。これまで年賀状だってもらったことはない。

最後に会話を交わしたのは、そうだ、藤枝にお金を貸した日だ。ふたり申し合わせたわけでもないだろうに。

真弓子は返事を書こうかどうしようか悩んだ。大河原くんのはがきをしまおうと、小学一年生から使っている学習机の引き出しを開くと、大学ノートの切れ端を見つけた。そこには０４２からはじまる電話番号がつづられていた。

あった。よかった。

真弓子は闇夜の中で、ほっとため息をついた。一年以上昔にたった一度だけ利用した電話ボックスが、もしや撤去されているのでは、と心配していたのだ。時刻はそのときとほぼ変わらない。

さきを歩くベンジャミンがふりむく。

今日はいつもとちがって、楽しそうですね、真弓子さん。

「べつに楽しそうなんかにしてないわ」

いやいや。このところずっと、この世のおわりみたいな浮かない顔してましたからね。そろそろべつの表情もしないと、それが地顔になっちゃうんじゃないかって、心配してましたよ。

たしかに自分の顔を鏡で見るたびに、形相《ぎょうそう》が悪くなっているようには思えた。

ねえ、真弓子さん。

「なに?」

ぼく、散歩は海辺のほうがいいんですけど。こっちのほうはどうもうら寂《さび》しくって。

「我慢してちょうだい」

不満を言ってるわけではないんですよ。ただの参考意見として聞いていただければじゅうぶんですので。

ベンジャミンは首を低く垂れ、ととと、と爪先《つまさき》立ちでもしているかのような歩き方で電話ボックスへむかった。

人間あきらめが肝心、と全身で物語っているようだ。人間じゃないけど。犬だけど。

「もしもし、大河原ですが」

「こ、こんばんは。米村です」

「おっとごめん。これね、留守録なんだ」

「え?」

「用件のあるひとはピィイって発信音のあと、チャオって言ってから、いろいろ用件言ってもらえるかな。よろしく」

なぜチャオ？　発信音が聞こえた。

「チャ、チャオ。米村です。はがきありがと」

えっと、それから、なにを言おうと思ってたんだっけ。

つぎの言葉をさがしていると、緩やかな坂の上にまん丸い灯《あか》りが見えた。

どどどどど。

オードリー・ヘップバーンが乗っていた、正確には新聞記者役のオジサンに乗せてもらっていたバイク。目指すはこの電話ボックス。

「それだけ。じゃ」

真弓子は急いで電話を切った。バイクはもう間近だ。電話機の上に積んだ小銭をつかもうとして、ばらばら床に落としてしまった。

どうしました？

開きっぱなしにしていたドアからベンジャミンがのぞきこむ。どれだけ人間っぽい犬でも小銭を拾うのは難しい。できっこない。

「ったくぅ」

狭い電話ボックスでは腰を屈《かが》めるのもひと苦労だ。エンジン音は聞こえなくなっていた。もしやと思い、顔をあげると、ベンジャミンのうしろに岸いずみが立っていた。紺《こん》色のTシャツにジーンズ。長い髪を頭のてっぺんで団子《だんご》にしている。

「こ、こんばんは」

われながら間の抜けたあいさつだ。でもほかに言葉は浮かばない。

「あなた、もしかして」

「米村です。以前、ＦＭ局でお会いした」

「ドラッグ小川のアシスタントだった子？」

「そ、そうです。その節はお世話になりました」

「とんでもない。あたしのほうこそ。髪、短くしたんだね」

肩まであった髪をばっさり切ったのは、つい最近のことだ。

「そっちのほうが似合うね」

「あ、ありがとございます」

「で、米村さんはそこでなにしてるの？」

真弓子はボックスの中でしゃがんだままだった。

「落とした小銭を拾っていたところで」

「手伝おうか」岸がしゃがみかけた。

「い、いいえ。あの、だいじょうぶです」

まだ少し落ちているはずだけど、ここはあきらめるとしよう。

ベンジャミンはふたりのやりとりを眺めていた。できれば話にくわわりたそうですらあった。

「これから?」姿勢を正す真弓子に岸が訊ねた。

「え?」

「電話」

「あ、ああ。いえ。もうおわりました。ど、どうぞ」

真弓子がボックスからでようとすると、ベンジャミンはおとなしく脇に寄った。その姿はどこか紳士然とすらしている。

「かしこそうな犬ね」

へへ。そうですか。

岸のほめ言葉にベンジャミンがにやついているように見えた。

「オス? メス?」

「オスです」

「名前は?」

「ベンジャミンです」

「こんな和風な顔なのに?」

「いくつか候補があったんですけど、本人がベンジャミンがいいって」

「言ったの？」

「いえ、あの」

親子三人、追いかけたときのことを真弓子は手短かに話した。途中、なんでこんな話をとくに親しい仲でもない、それどころか一度しか会ったことのないひとにしてるんだろ、と思いはした。だが岸は興味深げなうえに、「それでどうしたの」と促《うなが》したりもしたので、すらすらしゃべってしまった。考えてみれば家族以外のひとと言葉を交わすのはひさしぶりだった。

「仲いいのね、あなたの家族」

すべて聞きおわったあと、岸はなんかちがうところで感心していた。

「昔の話ですよ。わたしが小五んときですから」

数えてみると九年も昔だった。ほんとに昔の話だ。

「じゃ、あの、わたし、これで」

「待って」

そそくさと立ち去ろうとする真弓子を岸が呼び止めた。ボックスの中で腰を曲げている。

「これもあなたのでしょ」

頭をあげた彼女の右手には百円玉が摘《つま》まれていた。

「ありがとうございます」

「米村さんって、いま、なにしてるの?」

なにをしているのだろう。人生の遠回り。あるいは迷い道クネクネ。

「ラジオはやってないわよね。大学生?」

否定できずに「ええ、まあ」とうなずいてしまう。

「夏休み、暇《ひま》?」

「暇といえば暇です」

なに見栄《みえ》をはっているんだ、わたし。毎日が夏休みで、ずっと暇ではないか。

「だったらさ」


「バイト?」

朝食の準備をしていた母さんは、その手をとめ、目を見開いた。岸と会った翌朝だ。ベンジャミンの散歩をおえたあとのことである。台所には食卓で新聞を読む父さんもいた。

「うん。いいかな」

「いいけど」母さんの目が父さんにむいた。それが合図かのように、「なにをするんだ?」と父さんが訊ねてきた。

「そこの海岸の海の家」

「いつからだ」

「早ければ早いほうがいいって言われてるんだ」

「だれに?」

「百田楼の次女でさ、岸いずみさんっているでしょ」

「シンクロの選手だった?」母さんが言った。「そういえばあなた、ラジオであのひとと話、してたことあったわね」

「あれ以来、親しくしてもらってて」小さな嘘を交《まじ》える。「昨日、ベンジャミンの散歩してたら偶然会って、バイト誘われたんだ」これはほんと。

「まあ、そうなの?」

「百田楼って毎年、海の家だしてるんだって。いずみさん、そこの責任者なの」

「へえ。あたしは賛成よ、父さん。そういうちゃんとしたひとの下であれば間違いないだろうし」

ちゃんとしたひと。

一年以上前、電話をしおえたあとに、叫んでいた岸の姿を思いだす。

まあ、ひとにはいろんな一面があるものだ。

「たまにはそうやって知らないひとと触れあうのも気分転換になっていいだろ」父さんは無理矢理、笑みをつくっていた。「がんばれよ」

がりがりがりがり。がりがりがりがり。白い紙のカップに細《こま》かく砕かれた氷が盛られていく。がりがりがりがり。がりがりがりがり。かき氷機のハンドルが重くなってきた。

バイトをはじめて一週間、慣れてはきたが、疲れがたまってきたのも事実だった。額《ひたい》から流れる汗が目に入る。首から下げたタオルで汗を拭《ぬぐ》ってもいいが、ハンドルの手を休めることになる。そこそこの行列ができており、並んでいる子供の、かき氷まだなのぉ、とだだをこねる声がうるさい。

海の家で働くとなると、やっぱ水着かな。一応、初日には持ってきてはいた。岸に訊ねると「米村さん、からだに自信あるの?」と聞き返されてしまった。

「ぜ、全然ないです」

「うちは服に規制ないから。ただし水着でもなんでもこれはしてもらうけど」

渡されたのはエプロンだった。胸には毛筆の字で『百田楼』とあった。どうやら制服のようなものらしい。

からだにはまるで自信がないので、水着はやめておいた。Tシャツにデニムのホットパンツ、その上にエプロンをしている。

かき氷機を置いた台の真下にはベンジャミンがからだを丸めて眠っている。パラソルの影の中ではあるものの、涼しくはない。よくもまあ、こんなところで眠れるものだ。

がりがりががが。一人前完了。

「メロンでしたよね」

顔をあげ、目の前の男に確認する。右手にはすでに一個、イチゴのかき氷を持っていた。どんな男もひとつだけ買いにくるヤツはいない。必ず友達か、カノジョのパシリをやらされているのだ。

「うん。あぁ」

できたての氷の山に緑色の液体をかける。

「ふたつで五百円になります」

先を縦に切り、掬《すく》いとれる形にしてある太いストローを緑の小山にさしこみ、男にさしだす。交換に受けとった五百円玉は弁当箱サイズの手提《てさ》げ金庫へ放り込んだ。

「ありがとぉうございましたぁ」かき氷機の下にカップを準備する。「お待たせしましたぁ。おつぎのかた、どうぞぉ」

短髪の男だった。

「なんになさいますぅ。メロン、イチゴ、ミルク、カルピスの四種類からお選びいただけますけどぉ」

「きみ、米村さんだよね」

またか。ため息がでそうになるところをとりあえず我慢した。

「ぼくのこと、おぼえてないかな。小学校んとき、いっしょだったカトーだけど」

バイトをはじめて一週間で、男女問わず六人目の同窓生である。中学校三名、高校二名、小学校ははじめてだ。

「ごめんなさい、あんまり」

かすかに記憶はある。

でもね、いまはきみの相手をしていられないのだよ、カトーくん。バイト中だからさ。なにしろこのあたりはなにもない。夏休み、遊ぶにしたって、県庁所在地の駅前商店街のアーケードの下を往復するだけではいい加減、飽《あ》きるだろう。国道近くに遊園地があるが、そこへいくには車がいる。となると手近なところはこの海岸しかない。

そりゃあ、一日ひとりは昔の知り合いに会う羽目《はめ》になるって。まだ少ないほうかもしんないな。あたしに気づいても声をかけてこないひとだっているだろうし。自らすすんでさらし者になっているってわけだ。

「大学は東京？　大阪？　それとも」彼はとなりの県の県庁所在地を口にした。「あそこの国立？　米村さん、勉強できたもんね」

なおもカトーの話はつづく。

台の下でベンジャミンがもぞもぞと動きだしている。目を覚ましたようだ。大きくあくびをしてから、眠たげな目で真弓子を見ている。

あんた、こいつに嚙《か》みついてくんない？

ぼくがそういう犬みたいな真似、苦手なのご存じでしょう？

なによ、この恩知らず。だれのおかげでペットショップの狭い檻《おり》からでてこられたと思っているのよ。

はいはい。わかりました。

「おれ、阪大《はんだい》いっててさ。大学の男友達といっしょにいるんだ。バイト、何時まで？　もしよかったら」

「わん」

ベンジャミンが吠えた。めんどくさがっているのがありありとわかる、やる気のない吠え方だ。そのあと、これでいいですかねぇ、と真弓子を横目で見ている。ところがそれでじゅうぶんだった。

「な、な、なんだい、この犬」

カトーはびびっていた。犬ぎらいなのか、それともただの小心者か。その両方かもしれない。

「まだ注文、いただいてないんですけど」

すかさず真弓子が言った。

「え、あ、ああ。なんかいいや。いらない」

そう言い残すとカトーは砂浜を駆けだしていった。

ざっとこんなもんですが。

ベンジャミンは大あくびをして、ふたたびからだを丸めた。

海の家は四時半で閉店だ。片付けのあいだ、ベンジャミンは店の前をうろついていた。中にいるとじゃまになるだけなので、正しい選択だ。真弓子が教えたわけでもなく、自分でそうする。

「おつかれさまでしたぁ」「おつかれさまぁ」「明日もよろしくねぇ」「よろしくお願いしまぁす」「いずみお嬢さん、さようならぁ」

五時をまわると店員達がちりぢりばらばらに去っていく。真弓子も帰り支度《じたく》をして、表へでようとしたところ、「米村さん」と岸に呼び止められた。彼女は客席のいちばん奥のテーブルで、売り上げの計算をしている。背筋をぴんと伸ばしてだ。

「はいぃ」

「あなたに用があるんだ。こっちきて」

言われたとおりにしたものの、岸は電卓をうつ手をとめなかった。テーブルをはさんで、彼女のむかいに真弓子は腰をおろした。

それから五分もしないうちにだれもいなくなった。店に残ったのは、岸と真弓子だけである。途中、ベンジャミンが入ってきた。

「これでよしっと」岸が顔をあげた。「ごめんね、待たせちゃって」

「いえ」

「はい、ご苦労様」岸は茶封筒をさしだしてきた。「バイト料よ。初給金」

週給で現金払い。毎日曜、仕事がおわったあと、手渡しするわ。

初日、仕事がはじまる前にそう言われていたのを思いだす。

そっか、今日は日曜日だったんだな。だからいつもより忙しかったのか。

「時給七百五十円、午前六時から午後四時半まで。休憩は昼食時とおやつタイムあわせて一時間半。今週は水曜日、雨で休みだったでしょ。今日までの六日分。いくらだと思う?」

「四万五百円」

「ご名答。プラス千円。ベンジャミンのぶんね。なんか好きなもん買ってあげて」

「ありがとうございます」

真弓子は両手で給金を受けとった。心が弾《はず》み、なにを買おうかなと考えだしていた。こんな気持ちになったのはひさしぶりだ。

頬《ほお》が緩んでいるよ、わたし。

背負っていたリュックサックを膝《ひざ》に置き、給金をしまった。水着、買っちゃおっかな。

不意にそう思う。

「よかった」

岸が微笑《ほほえ》んでいる。きらきら輝いてて、眩《まぶ》しいくらいだ。さすが郷土の星。

「な、なにがでしょう」

「うれしそうにしてる米村さん、見られて」

「え？」

「あたしとしては米村さんのこと、ここの看板娘として雇ったつもりなんだけど、店先立ってもいまいちこう、表情が暗かったから、心配だったんだ」

「そ、そうでしたか」

「できれば仕事の最中もその顔でいてくんない？」

「努力します」

「努力しなくちゃ笑えないほど、世の中、つまんないわけ？」

「いえ、あの」

岸の言うとおりだ。

楽しいこと、愉快なこと、腹を抱えて笑えること、胸がキュンとすること、そうしたことすべて、いまの真弓子には無縁だった。

「まだ時間ある？」

岸が立ちあがる。なにをするのだろうと見ていると、彼女は真弓子の背後に移動してきた。

「な、なんです？」

「悪いんだけど、実験台になってくんないかな」

「実験台って」

「あたし、いま、スポーツトレーナーの勉強中でね。将来はそれで食っていきたいと思ってる」

「将来、ですか？」

「三十過ぎたおばちゃんが、将来だなんて、なに言ってんだと思ったんでしょ」

「え、いや」

二十歳で人生、あきらめかけている身である。他人の口から将来とか未来なんて聞くと、なに言ってんだかという気持ちになっちゃうのだ。

などと思っていると、岸が真弓子の肩をがしっとつかんできた。そして首の付け根あたりを左右の親指で、ぐいぐいぎゅぅと圧《お》してきた。

「おぐわごえがが」

激痛が走った。思わず逃げだそうとして、腰を浮かせたものの、岸に押さえつけられ、身動きがとれない。

店の片隅にいたベンジャミンが真弓子に近づいてくる。

「あなたがヘンな声だすから、心配になったんじゃない」

残念ながらとても心配しているようには見えなかった。

えへ、へへへ。なにしてるんです、真弓子さん？

どちらかと言えばおもしろがっている様子だ。

「肩、ぱんぱん。首筋もコッチコチ」

「す、すいません、あの」

「肩をいからせないで。力を抜いて、リラックスしてちょうだい」

「に、苦手なんです」

「なにが」

「ひとに触れられるの」

「触んなきゃマッサージできないわ」

岸は肩胛骨《けんこうこつ》の少し上あたりを、ふたたび左右の親指で圧す。

「どぐわごあごげが」

マッサージ？　これがマッサージ？　まるで拷問《ごうもん》だ。

「い、痛いです、岸さん」

「そりゃそうよ、痛いようにやってるんだから。我慢なさい。もうじき気持ちよくなるわ」

「ぐあごがぅわ」

へへ。だいじょうぶですかぁ、真弓子さん。あたしが痛がってるの、おもしろがっているでしょ。ベンジャミンにしては珍しく足取りが軽《かろ》やかである。真弓子にはそれがよろこびの舞いに見えた。

とんでもない。できればお助けしたいところです。だけど、ぼく、犬でしょう? どうすることもできないんですよねえ。申し訳ありません。

「心配することないわよ、ベンジャミン」背後で岸の声がした。「きみのご主人をいたぶっているわけじゃないわ。逆よ、逆。疲れを癒《いや》してあげてんだから」

そのうち岸が言うように痛みはなくなってきた。硬直していた筋肉が、だんだんとほぐされていくのもわかる。たいへん気持ちがよろしい。知らないうちに口の端から涎《よだれ》が垂れ、啜《すす》ったほどだ。

ベンジャミンは歩きまわるのをやめ、座り込んだ。主人が痛がらなくなったので、つまらなくなったのかもしれない。

岸は真弓子の背中をぱんぱん叩《たた》きだした。からだぜんたいがぐらぐら揺れる。これがまた気持ちがいい。くせになっちゃいそうだよ。

「はい、これでおしまい。どうだった?」

「だいぶ、楽になってきました。ありがとうございます」

「ときどきこうして実験台になってちょうだい」

「こちらこそ、よろしくお願いします」

「なんか飲んでく？」

「え、あ、いや」

岸はレジ前にある、どでかいボックスというかケースに近づいた。ビールなどの飲み物を冷水に浸《ひた》して冷やしておくアレだ。

「遠慮しないで。ラムネはどう？」

「あ、はい。ではそれで」

真弓子の返事よりも早く、岸はケースに手を突っ込み、ラムネを二本とりだしていた。まわりの水気をタオルで拭いながら、真弓子のところへ戻ってくる。

「あなた、いくつだったっけ？」

十歳は越えているはずです。

ベンジャミン、岸さんはあんたには訊いていないと思うよ。

「二十歳です」

「二十歳かぁ。いいなぁ」

岸は真弓子のとなりの椅子に腰をおろした。二本のラムネを股《また》にはさむと、「そいやっ、そいや」つづけざまに栓《せん》を押し開いた。

「はい」

「あ、ありがとうございます」

しゅわしゅわ、泡が噴《ふ》きだすラムネを真弓子は受けとった。ラムネを飲むのなんていつ以来だろう。さっぱり思いだせないほど大昔だ。

「将来、なに目指してるの?」

いきなりの質問に真弓子は面食らい、「とくになにって」と答えるのが精一杯だった。

「なにかあるでしょ、将来の夢。あたし、教えてあげたじゃん。だから今度は米村さんの番」

「ほんとにあの」げふ。げっぷがでてしまった。「ないんです、そういうの」

「ふぅん」げふ。岸もまたげっぷをした。彼女のラムネはもうなかった。

「ラジオはもうでないつもり?」

「つもりもなにも、あれはあの、あれっきりで」

かろころかろん。岸が瓶《びん》をふり、中のビー玉を鳴らした。

「はじめてきみの声を聞いたとき、あたしはてっきり、本職のアナウンサーだと思ったよ。発音、はっきりしてたし、地元の言葉と共通語もきちんと使い分けできていたもの」

「ありがとうございます」

一応、真弓子は礼を言う。ほめられたのだ、うれしくないと言えば嘘になる。それと同時に、うれしがってどうするの、とも思ってしまう。

「またやってみたら?」

「え?」

「すいませぇえん」

表との境にある半透明のビニールカーテンの隙間《すきま》から、男の顔がひょっこりでてきた。髪を染め、サングラスをかけているが、いずれも似合っていない。たぶん高校生くらいだろう。背伸びしておとなになろうとしているのがありありとわかる。

「店、おしまいッスかぁ」

「ごめんなさぁい。うち、四時半でおしまいなんですよぉ」

男の顔がひっこんだ。カーテンのむこうでだれかと話をしているのが聞こえてくる。やがてカーテンの隙間から、今度は女の子が顔をだした。

「飲み物だけでいいんですけどぉ。お願いできませんかぁ」

真弓子は身を硬くした。女の子は知っているひとだった。

可愛《かわい》い戦士カワインダー、見参。蔦岡だった。

「しょうがないなぁ」岸が立った。「なににする?」

「それ、ラムネですよね」と訊ねながら、蔦岡は店の中に入ってくる。

ビキニだ、ビキニ。胸元にフリルのついた上下とも白のビキニ。それってなに、もしかして一昨年のクリスマスイブ、大河原くんのために原宿で買ったヤツ?

「そうよ」

岸が空《から》の瓶をふってみせた。からころから。

「あたし、それにしよ」と言ってから、蔦岡はカーテンのむこうに顔をむけた。「飲み物だけだったらいいって。ツトムくん、なににするぅ? あたしはラムネにするけど、おんなじでいい?」

もっと胸、あるかと思ったけど、たいしてないな。せいぜいがBカップってとこだ。藤枝よりないよ。腰だってくびれてるわけじゃないし、お尻も小さい。足は細いっていうより肉がついていないだけだね。やだ、背中にニキビできてんじゃん。

ものの十秒のあいだで、真弓子は蔦岡のからだを観察しつくした。

からだだけだったら、わたしのほうが数段マシだね。

「うん、いいよぉ」表からツトムくんが返事をした。

「二本でいくらですかぁ」

岸に訊ねる蔦岡はそのときになって真弓子の存在に気づいた。

「あれ? え? 嘘? マユさん? なんでこんなとこ、いるんですかぁ?」

声、でかすぎ。ほら、ツトムくんが心配して入ってきちゃったじゃないの。

「なに、どうしたの、るいちゃん」

ツトムくんの手はごく自然に、水着姿の蔦岡の腰にまわっていた。

「浮気じゃないんです。もちろん本気でもありません。彼とはなんでもないんです」

「だからわかったって」

真弓子はあくびをかみ殺した。この一週間、バイトの疲れで十一時には眠ってしまう。今夜もそうだった。うとうとしていると、電話のベルが聞こえてきた。でたのは父さんだ。しばらくして父さんは真弓子の部屋の前まできて、ドアを開かずに「真弓子。おまえにだ。蔦岡という女のひとだが、どうする？　でるか」と訊ねた。でたくないのが本音だが、でないと父さんや母さんが心配しかねない。やむなく布団《ふとん》から這《は》いずりでた。

「なんでもない証拠にほら、いま、あたし、自宅からマユさん家《ち》に電話してますし」

あんたが自宅から電話しているかどうかなんて、わからないでしょ。

と言いたいところだが、話が長引きそうなので、「そうだね」としか言わなかった。

「予備校でクラスがいっしょってだけなんですよ、彼とは」

そういえばこいつももう三年生だったよな。受験生がなにやってんだか。しっかりしないとわたしみたいになるぞ。

「デートしたのも今日がはじめてで。いや、あの、デートだと思っているのは彼のほうだけで」

「水着」

「はい？」

「今日、あんたが着てたの、原宿で買ったヤツ？」

「原宿？　いえ、ちがいます。あれは先週、ママのつきあいで東京いったときに青山《あおやま》で」

それって今日の彼のために新調したってことじゃないの？

「可愛かったわね」

「ほんとそう思いますぅ？」

「うん。胸元のフリルがよかった」

「ですよねぇ。わぁ、うれしい。男の子って駄目ですよねぇ。そういうとこ、気づいてくれなくて」

気づいてくれなかったわけだな、ツトムくんは。

「もういいかな。わたし、明日もバイトなんだ。早く寝て体力つけておかないといけないんで」

「すいません。なんか長々と、あたしだけしゃべっちゃって」

「いいわよ、べつに」

「あっ、そうだ。あとひとつだけ、いいですか。マユさん、『鉄の夢』って小説、読んでますよね」

高二の夏、大河原くんに借りて読んだ。

「粗筋《あらすじ》と感想、聞かせてほしいの？」

「お願いしますぅ。三月に大河原先輩から借りたんですけど、一度も開いてなくて」

図々《ずうずう》しいにもほどがある。

「今度、会うときまでにはぜったい読んでおけって言われちゃってるんです」

「いつ会うの、大河原くんとは」それを訊《き》いてどうする、わたし？

「七月中には」

「まだだいぶあるじゃない。がんばって読みなよ」

まだなにか言いつづける蔦岡を無視して、真弓子は受話器を置いた。

真弓子は腹が立ってならなかった。あくびをしていたはずが、蔦岡の話を聞いているうちに怒りのあまり、目が冴《さ》えてしまった。自室へは戻らず、台所に入った。冷蔵庫から麦茶をだすと、グラスになみなみ注《つ》いで、一気に飲んだ。

一週間前、東京の大河原くんに電話をしたものの、留守録だった。とりあえず暑中見舞いの礼を吹き込んではおいた。しかしその後、彼から連絡はない。

蔦岡ったら、わたしが大河原くんにチクると思っているのだ。ふざけないでくれ。わたしはそんなチンケな人間じゃない。そもそもがべつの男とデートとは何事だ。するならするで、どっかよそへいけ。なんでわざわざ地元の海岸でする？　わたし以外にもべつのだれかが見かけている可能性は高いぜ。大河原くんにばれるのは時間の問題だよ。いいじゃん、あんたには大河原くんよりも、あの莫迦《ばか》っぽい野郎のほうがずっとお似合いだっつうのさ。

また電話のベルが鳴った。

しつこいぞ、蔦岡。

台所をでたところで、パジャマ姿の母さんとかち合った。

「たぶん、わたし」

「あら、そう」

母さんは心配顔だが、それ以上はなにも言わずに、寝室へ引き返した。

受話器をとり、耳にあてる。

「米村さんのお宅でしょうか」

ちがった。蔦岡ではなかった。女ではある。でもだれだろう。

「は、はい」

「夜分におそれいります。わたくし、真弓子さんと高校時代、親しくしていただいていました藤枝美咲と申します。真弓子さんはご在宅でしょうか」

「藤枝？」

かしこまっているうえに声音《こわね》も変えているようで、さっぱり気づかなかった。

「はい、そうですが」

「わ、わたしだけど」

「元学級委員？」

そりゃそうだけど。でもその呼び名は勘弁してほしい。

「なんだ、早く言ってよ」

声の調子がいつもの藤枝になった。どんな言葉も嫌味と皮肉に変えてしまう、憎々しくて毒々しい声。いまの真弓子にはそれが聞けて、うれしくてならなかった。

「元気？」

「あたしが元気だと元学級委員になにか迷惑かかる？」

いいぞいいぞ、それでこそ藤枝だ。

「東京から？」

「そうよ。世田谷《せたがや》区北沢《きたざわ》」何丁目何番地何号まで教えてくれた。「第二ヒヨコ荘二〇一号室」

「へえ」

「元学級委員はどうなのさ」

「元気は元気だけど」

「今年も受験、失敗したんだって。なにやってんのさ」

叱責《しっせき》されてしまった。しかしだ。

「だれから聞いたの、その話」

「大河原」

「え？　どうして？」

「あたしの劇団で、大河原とおなじ大学でおなじ学部の役者がいるんだ。男の子なんだけどさ。その子ルートで何回か呑《の》みにもいってる」

藤枝と大河原が東京で呑んでいる？

「そんなことよりも」

いや、できればそのことを掘り下げて聞きたいよ。

「あたしの劇団の処女公演。お金といっしょに、招待券も送ったでしょ」

「うん、もらったけど」

「けどなに？　こないつもり？」

「いくわ」言ってしまった。

「え、あ、そう。うん」なぜか藤枝は怯《ひる》んでいる。「わかった」

「用件はそれだけ？」

「う、うん」

「それじゃ。芝居、楽しみに」してるわと最後まで言う前に「あのさ」と藤枝が言った。

「その日、日帰りじゃないよね。こっちでどっか泊まるあてあるの?」

「それはまあ、ビジネスホテルとかかな」

「うち、泊まってもいいわよ」

「第二ヒヨコ荘?」

「二〇一号室。だけどその日って夜の回もあるし、そのあと、片付けがあって、さらに打ち上げで、あたし、夜になってもうちに帰るかどうかわかんないわ。つぎの日はぜったい二日酔いで、あんたの相手はしてられないだろうし。それでもいい?」

相手をしてくれと頼んだおぼえはない。

「いいよ」

その翌日は大河原くんを訪ねようか。

「一応、ここの電話番号、教えておくから。メモの準備して」

「うん」電話機の脇には母さんが銀行からもらってきたメモ帳とボールペンがある。藤枝の言う電話番号を真弓子は記した。

「当然、アタマには03がつくからね」

はいはい、わかりました。

「あと、芝居を観おわったあとに、感想とかはいいからね。アンケート用紙配るけど、それも書かないで」

「あ、うん」

「ちゃんと約束してよ」

あいかわらずめんどくさい女だなぁと思いつつ、約束するよ、と言った。

「花束とかいらないし、楽屋にもこないでね」

「アンケートは書かないし、花束も持っていかない。ましてや楽屋にもいかない」

「ぜったいよ」

「ぜったい」

「それから」

まだなにかあるのか？

「あいつ、連れてきてもいいよ。あんたんとこの犬」

ベンジャミンを？

「犬ぎらいじゃないの？」

「あたしが会いたいって言うんじゃないわよ。元学級委員が、夜にひとりで心細かったらってこと」

「そこのアパート、犬、入れていいの？」

「一晩だけなら平気よ。じゃ」

がちゃん。

そこで藤枝は電話を切ってしまった。

翌朝、店の準備がほとんど済んだあとだ。最後の仕上げにテーブルの乾拭《からぶ》きをしている最中、真弓子は岸に休みがほしいと申してでた。どこかいくの、と訊かれ、思わず東京へと答えてしまった。

「東京？　なにしに？」

「それはあの」藤枝のことを話すのは煩《わずら》わしい。

「わかった。男に会いにいくんだ。そうでしょ」

それもなくはない。

「図星《ずぼし》だ。ふだんクールなわりには、そういうことになると顔にでるのね。可愛いなぁ」

少し離れたところでこちらの様子を窺《うかが》っていたベンジャミンが、怪訝《けげん》な顔をしている。

可愛い？　真弓子さんが？

納得がいっていないといったふうだ。

なんでだよ。

「いいよ。オッケー。で、どんな子？　米村さんの男って」

「どんなって、べつに」大河原くんの笑顔が脳裏《のうり》に浮かぶ。「ふつうです」

「ふつうじゃわかんないよ。いま、写真ないの?」

大河原くんの写真。あるある、いくらでもある。ただしふたりっきりのはない。一枚もない。

「ペンダントの中に入れてたりしない?」

「わたし、ペンダントなんかしてません」

テーブルをすべて拭きおわると、岸は店の前に立った。開店まであと十分。そのあいだが彼女の喫煙タイムだ。海のほうにからだをむけ、煙を吐きだしている。その横で真弓子はかき氷の準備をはじめた。ベンジャミンは店の前に鎮座《ちんざ》している。時折、散歩の犬に吠えられても、迷惑そうな顔をするだけだ。

「ベンジャミン、吠え返さないんだね」岸が言った。感心しているようだ。「孤高って感じ」

たしかにベンジャミンは孤高だった。犬の仲間はいない。喧嘩《けんか》もしない。

「なんにもできないんですよ、こいつ」

「芸をしこもうとすると、こっちを莫迦にした目で見る?」

「そうです」

ちなみに芸をしこもうとしたのは真弓子ではない。父さんだ。

「ときどきいるんだよね、そのタイプ。自分が犬だということにあんまし納得がいってないみたいなさ」

岸は本気でベンジャミンをお気に召しているようだった。ベンジャミンの頭を撫《な》でる手が優しい。

やだなぁ、気安く触んないでくださいよぉ。ぼく、そういうの苦手なんですぅ、勘弁してくださぁい。

ベンジャミンは苦々しい顔になっていた。そうやって嫌がるのを岸はおもしろがっているようだった。

「犬みたいなことするのがきらいなだけですよ」

「昔のあたしといっしょだな。あたし、女だけど女みたいなことするの、小さい頃から嫌だった。人形遊びしなかったし、ままごともきらいだった。穿くのはズボンばっか。いつも男の子達と遊んでたよ」

「だけどシンクロやってらしたじゃないですか」

「やりたくてはじめたんじゃないから」

「そうだったんですか？」

「水泳教室に通ってて、そこの先生にすすめられて、しかたなくはじめただけ」

「へぇ。でもそれで世界選手権まででたんですから、やっぱり凄《すご》いですよ」

「昔がどんだけ凄くったって、いまがこれじゃあ、しようがないよ」

岸は顎《あご》をあげ、ふぅぅぅぅと空にむけて、まっすぐに煙を吐いた。それからベンジャミンに視線を戻す。

「うらやましいなぁ」

「わたしもです。できれば犬になりたいもんです」

いくら犬らしくなくても犬は犬だ。大学を受けて落ちたり、好きな男の子を可愛い女の子に獲《と》られたりはしないだろう。

「ちがうわよ。あたしがうらやましいのは米村さん」

「なんでわたしなんか」

「だってきちんと青春してるじゃないの。好きな男、会いに東京いくなんてさ。うらやましいよ。あたしが二十歳のときは練習練習また練習で、男と巡りあう機会なんてこれっぽっちもなかったわ」

「いえ、あの」ちがうんですとはもう言えない。藤枝のことを説明するとなれば、なおのことややこしい。

「恋も若いうちしておかないと駄目だね。スポーツといっしょ。練習を積み重ねないと本番で威力が発揮できない」

そうだろうか。真弓子にはそうは思えなかった。

「米村さん、東京へはなにでいくつもり?」

「電車ですが」

「切符買ってあるの」

「まだです」

「だったらこうしない？」

どうするんです？

ベンジャミンが真弓子と岸のほうに顔をむけていた。

「あたし、車だすからさ。いっしょにいきましょ、東京」

「岸さん、免許持ってるんですか」

「うちの仕事に必要なんで、こっちに戻ってから取得したんだ」

「車、持ってるんですか」

「姉貴《あねき》の借りるわ。東京では帰りまで別行動っていうのでどう？」

ベンジャミンが真弓子の足にすり寄ってきた。

「ベンジャミンも連れてけば？」

「え？　でも」藤枝とおなじことを言われ、真弓子は驚いた。

「すっごくいきたそうな顔してるよ」

ベンジャミンはいつもどおりだ。東京にいきたそうな顔には見えなかった。それでも真弓子は、連れてってあげてもいいかな、と思った。

東京は危険な場所だ。
近衛兵《このえへい》に守ってもらわねば。

⑥

「ねえ」ハンドルを握る岸が呼びかけてきた。

「はい？」

「調子悪いんじゃないの」

「だいじょうぶです」

「きみじゃないよ。ベンジャミン。車酔いでもしたんじゃないかな」

　真弓子は、からだをよじり、後部座席にいる自分の飼い犬に顔をむけた。アンパンマンやバイキンマンがちりばめられたタオルケットに巻かれ、蓑虫《みのむし》のような格好で寝そべっている。半分、まぶたを閉じかけていたが、眠ってはいない。主人である真弓子と目があうと、へへへ、と笑った。

　心配無用です。どこも調子悪くなんかありませんから。

「いつもこんな感じですけど」

「でもあっちでたときから一度も吠《ほ》えてないよ」

「そういう犬なんで」

それにベンジャミンもいい年だ。人間であれば還暦を過ぎたおじいちゃんである。

両親は真弓子の東京行きに反対しなかった。岸といっしょと言えばそれだけでオッケーだった。しかしベンジャミンを連れていくと言ったときは、だいじょうぶか、とふたりとも心配した。それが聞こえたわけでもないだろうに、庭にいたベンジャミンが吠えた。

ぼくだったらご心配なくっ。


高速のサービスエリアで、遅めの朝食をとることになった。岸がおごってくれると言う。

「遠慮しないでさ。もっと高くて、腹にがつんとくるもん、頼んでもいいんだよ。カツカレーとかカツ丼とか、そういうの」

「ほんとこれだけでいいんで」

真弓子はきつねうどんだ。岸はチャーシューメンを食べていた。ベンジャミンといえばついに眠ってしまったので車の中だ。

岸はチャーシューを一枚、箸《はし》で摘《つま》んで「お裾《すそ》分け」と言い、きつねうどんのお揚げのとなりに置いた。

「このペースだったら正午には東京入れるなぁ」

「ずいぶん近くまできてるんですね」

「うん。シモキタには一時前に着いちゃうかも」

岸には下北沢駅に一時半着でお願いしてある。言いだすきっかけがなく、藤枝のことは伏せてある。

それにしてもなぜ、ザワまで言わないのだろう。シモキタでは半島だと思うひともいるぞ。

「駅のどっかで男と待ちあわせ?」

「あ、はあ。まあ」

「学生時代に一時期、サンチャに暮らしてたことあったから懐《なつ》かしいよ」

なんだろ、サンチャって。暮らしてたというのだから地名にはちがいない。

「岸さんはあの」

東京のどこへなにしにいくのか、まだ聞いていない。

「なに?」と言ってから、岸は麺《めん》を啜《すす》った。ずぅずずず、ずぅ。凄《すご》い量を一気にである。半分はいかないまでも三分の一は口の中に入っていった。頬《ほお》をリスのごとく膨《ふく》らませている。

「いえ、あの、いいです」

岸は口をもごもご動かし、真弓子を見つめていた。膨らんだ頬はやがてしぼんだ。

「米村さんは東京の男へはいつもあそこから電話してたの?」

あそことはあの電話ボックスのことだ。利用したのは二度だけ。いずれも大河原くんにである。

「ええ、まあ」

「あたしもなんだ」

岸がふたたび麵を啜る。さっきよりもさらに量が多い。

「それってつまり、岸さん、東京に」

口の中の麵を咀嚼《そしゃく》しながら、岸は苦笑に似た表情を浮かべている。

「今回はそのひとのところへ」

ごくり。口の中のモノを飲み込み、「決着をつけにいくんだ」と岸は言う。

「決着?」

真弓子は西部劇のガンマンの衣装に身を包んだ岸の姿を思い浮かべた。男性とだけわかる相手と距離を置いて対峙《たいじ》し、いままさに拳銃を引き抜こうとしている。

「あたし、姉貴のすすめで、七月のアタマに見合いしたのよ」

いきなり話題が変わってしまった。戸惑う真弓子に「相手、だれだと思う?」と岸は訊《たず》ねてきた。

「わたしの知ってるひとですか?」

岸はこくりとうなずいた。それから三口目。とうとうどんぶりには麺がなくなった。

「高木先生？」

「惜しい。もっとあなたに近しいひと」

だれだろう。

「すいません、全然、わかりません」

「小川薬局のぼんくら息子」

「お、小川さんとですか」

東京に恋人がいる事実以上に、真弓子は驚いてしまった。小川は悪いひとではない。それどころか善人の部類に入る。しかし岸とのツーショットはとても無理があるように思えた。正直、つりあわない。ところが岸はさらに意外なことを口にした。

「小川さんとはそのあと三回、デートしてるんだ」

「え？　ええ？　それはあの」小川に心が傾いているというのか。

「だからね。早いとこ、東京のと決着つけなきゃさ。悪いでしょ、小川さんに」

「ありゃあ。この道も一方通行だわぁ」

一時間半後、真弓子とベンジャミンはまだ岸の車の中にいた。下北沢駅の近くにはいるらしい。ただどうしても駅まで辿《たど》り着けず、その周辺をうろついていた。

真弓子は助手席から外を見た。電信柱のプレートには北沢一丁目とある。百メートルほどさき、二車線道路の上に橋があった。ついさきほどそこを電車が走っていくのが見えた。

「わたし、ここで降ろしてください」

「いいの?」

「はい、だいじょうぶです」

「悪いわね」

岸は申し訳なさそうな表情になっている。

「ありがとうございました」

車を降りてから、真弓子は深々とお辞儀をした。となりでベンジャミンが大あくびをしている。その頭をコツンと軽く叩《たた》き、「あんたもお礼を言いなよ」と命じた。

へへ。どうも。

「明日、何時にどこで待ちあわせます?」

そう言いながら、ボストンバッグを抱え直している真弓子に、岸が運転席から名刺をさしだしてきた。昔もらっているのに、なぜいま? その疑問は岸の言葉ですぐさま解消した。

「携帯電話の番号、書いてあるから」

なるほど、百田楼本館の電話番号の下に手書きの数字が並んでいた。

「岸さん、携帯電話、持ってたんですか」

「三日前、姉貴に持たされたのよ。米村さんは持ってないわよね」

「すいません」

「今日の夜、電話ちょうだい。そんとき決めましょ」

「わかりました」

「彼によろしくね」

駅までの道は道ゆくひとに教えてもらった。自分と同い年か少しだけ下くらいの男の子二人組だ。ベンジャミンが彼らに寄っていったのである。

「こっからすぐだよ。送ってこうか」と男の子A。

「いえ、あの、駅へいきたいんじゃなくて」

「駅までの道、訊《き》いたのに？」と男の子B。

あと五分で二時だ。こうなればこのふたりに頼るほかない。真弓子は藤枝が送りつけてきたチラシをだした。

「ここ、いきたいんですけど」

「なんだ、この金粉女」と男の子A。

そこは見なくてもいい。いや、見ちゃうよな、ふつう。

「おれ、さっき見たぞ」男の子Bが言う。「実物じゃなくて、これとおんなじ写真のポスター」

「どこでだよ?」男の子Aが男の子Bに訊ねる。

「中古レコード屋の前に貼ってあった。たしかあの上に芝居やってる場所が」

「どこです、そこ?」

「ここまっすぐいって、左曲がればすぐ」

「ありがとうございます」

男の子Bの言うとおりだった。中古のレコード屋の入り口に全身金粉塗《まみ》れの藤枝がいた。芝居のポスターだ。その下に『駅裏劇場(4F)は左奥の階段をご利用ください』と手書きで書かれた張り紙もある。

狭くて急な階段をベンジャミンと見あげた。最上階の四階まで階段はまっすぐである。

これ、のぼるんですか。

「そうよ」

いやだなぁ。こわいなぁ。

「しっかりなさい」

お供しますなんて、言わなきゃよかったなぁ。

真弓子が紐《ひも》を引くと、ベンジャミンは不承不承《ふしょうぶしょう》、階段をのぼりだした。二階は雑貨屋で、ドアが開けっぱなしで中からお香の匂いが漂《ただよ》ってきていた。三階の閉じたドアに掲げられた看板には『ふんどしパブ　日本海《にほんかい》』とあった。とても興味深いが、『CLOSED』の札がぶらさがっているし、なによりいまはそれどころではない。四階まで辿り着くと、学校の教室で使うような机の前に座って、文庫本を読んでいる女性がいた。

「あの」声をかけても彼女は本から目を離そうとしない。

「ワンッ」ベンジャミンが吠えた。彼にしては珍しく犬みたいにだ。

「うわっ」女性は声をあげ、文庫本を閉じた。「なんか用？」

彼女を見て、真弓子は将棋の『歩《ふ》』を思いだした。それも裏側。『と』の文字のほう。顔の形が駒に似ていて、目鼻立ちがのっぺりしている。

「ここって駅裏劇場ですか」

「そうだけど。あなた」『と』は侮蔑《ぶべつ》するかのように鼻で笑った。「この芝居、観《み》にきたわけ？」

「は、はい」

財布から招待券をだし、『と』に渡した。

「もしかしてあんた、マユッチ？」

「は?」

「ミサリンのためにわざわざ田舎《いなか》からでてきたんだ」『と』は招待券のミシン目をびりび
り破った。「友情だねぇ」

マユッチ? ミサリン? なんのこっちゃ。

ベンジャミンが受付のテーブルに顎《あご》を乗せ、上目遣《うわめづか》いで『と』を見ている。

「この犬、どうするつもり? 中、入れる気?」

「まずいですか」

「ふつう、まずいでしょ」

『と』は顔をしかめた。それでも『と』のままだった。

「おとなしい犬なんです。ここまで車で四時間かかったんですが、そのあいだもずっと静
かでしたし」

「名前は?」

真弓子は、マユッチなんて呼ばれたことはこれまでに一度もない。

「米村です」

「あんたのじゃなくて、この柴犬」

「ベンジャミンっていいます」

『と』はベンジャミンの頭を撫《な》でた。いやがるかと思ったが、目を細め気持ち良さそうに

している。なんというか、その、犬みたいだった。

「なんだったらあたしがみててあげてもいいよ」『と』が意外な申し出をしてきた。「芝居はじまったら、あたし、ここにいなくてもいいことになってるのね。上演時間は二時間くらいだから、そのあいだ、このへん、うろついてるよ。ペット可のカフェもあるし」

ペット可のカフェ。さすが東京。

「い、いいんですか」

「いいってばさ」

「ありがとうございます」

「ウンチ、片付ける袋、貸してくんない？」

「あ、はい」

東京では必要なのではと母さんに持たされたのがあった。それを真弓子はバッグからだした。

ついさっきまで嫌な女だと思っていたが、あっさり印象は変わった。顔が『と』なのは変わりないが。

「よろしくね、ベンジャミン」

「ワンッ」

どうした、ベンジャミン。おまえ、すっかり犬だぞ。

『と』は机にあったメモ用紙になにやら書いて、「これ、あたしの携帯電話の番号」とさしだしてきた。

「あなたのは?」

「わたしはあの、持ってないんで」

「芝居飽《あ》きてでてきちゃったら電話くれないかな」

「いや、それは」ないと言おうとしたが、『と』に遮《さえぎ》られた。

「一回に十人くらい客くんだけど、そのうちの半分は三十分後にはでて、一時間後にはさらに半分、最後まで観てるのはひとりかふたりなんだ」

えぇ?

「でもあなた、ミサリン、観なきゃなんないんだよね」

ミサリンは藤枝のことなのか? そうなのか?

「彼女、でてくるの最後のほうなんだよねぇ。まあ、がんばって」

がんばってって。

いったいどんな芝居なんだ?

つまらない芝居だった。信じ難いほどだ。コメディーかミュージカルの類《たぐ》いではあるらしい。舞台では数人の男女が唄ったり踊ったりボケたりツッコミを入れたりしているから、たぶんそうだろう。そのうえ役者全員、大根だった。台詞《せりふ》は棒読み、歌は音痴、踊りは幼稚園児並みだ。話もよくのみこめない。筋を追おうとすればするほど混乱し、頭が痛くなってくる。

客席はコンクリートの床に座布団《ざぶとん》が並んでいるだけだった。座布団の数は四十から五十枚程度。そのうち使われているのは開演の時点で十枚なかった。『と』ははじまって三十分で半分になると言っていた。真弓子は腕時計を見る。まだ二十分経《た》ってない。体感時間は一時間以上である。

「よっこらしょ」

真弓子の前に座っていた老夫婦が立ちあがり、でていった。できれば真弓子もここから逃げだしたい。これほどひどい演《だ》し物をいままで観たことがない。高校時代、放送部だったので、他校の同じ部の発表会へでかけることはしばしばあった。素人《しろうと》の、それも高校生のすることなんか高《たか》が知れているし、正直、おもしろくもなんともなかった。だけどいま観せられているものより、数段マシだったよ。

いまごろベンジャミンは『と』と下北沢を散歩していることだろう。わたしよりさきに東京を満喫《まんきつ》しているなんて許せない。

岸さんはどうしてるだろ。

早いとこ、東京のと決着つけなきゃさ。悪いでしょ、小川さんに。

なんて言ってたけど、つまりそれって岸さんは小川さんが好きだってことだよなぁ。

真弓子は頭の中で岸と小川を並べてみた。すっごく無理があった。美女と野獣ではない。美女とデブ。それじゃ見たまんまか。

夜中の電話ボックスで、かけていたのが東京のカレなのか。どんなひとなのだろう。あの小川さんよりも駄目な男はそういないと思うんだけど。

幾度《いくど》か暗転があった。それを機にひとりふたりと観客が消えていく。真弓子は耐えつづけた。藤枝がでるまでは、という義務感からだ。それだけしかない。

早くでてこい、藤枝美咲。

いくら強く念じたところで、その願いはなかなか通じなかった。やがて真弓子はこくりこくりと船を漕《こ》ぎだした。しかし体育座りではなかなか眠ることはできない。寝そべることができればどれだけ楽か。

音楽が流れてきた。それも耳をつんざくばかりの大音響だ。まどろむ真弓子を起こそうとしているかのようだった。有名な曲である。日本全国どこの運動会でも必ず流れる曲。タァタァアアタタタタンタンタタタタ、タンタンタタタタ、タタタタタン。カステラ一番、電話は二番、と唄ってしまいそうだ。

舞台ではレオタード姿の男女六人が、横一列に並んで、ラインダンスをはじめていた。

これだけ揃《そろ》っていないラインダンスもない。その中にも藤枝の姿はなかった。みんな汗だくだ。その一生懸命さが却《かえ》ってうっとうしい。正直、うざい。努力が結果に結びつかない見本を見せつけられているようで、息苦しくさえなってくる。

こんなことをしてて楽しいの、あんた達。人前で下手《へた》な踊りとつまんない芝居を披露《ひろう》して満足だなんて。そんな人生あり？　それでいいの？

「そう言うあなたはどうなの」

舞台上でラインダンスを踊る六人のうち、いちばん左端の女性がそう叫んだ。

へ？　なに？　あたしに言ってるの？

「決まってるだろ。ここにはもうおまえしかいないんだから」

左から二番目の男性が言う。

真弓子は客席を見まわした。

ほんとだ、いつの間にかあたし、ひとりになってるじゃんっ。

六人の男女は列をなして、舞台から客席へ降りてきた。そして真弓子をとり囲むと、くるくる回りだし、ダンスを踊りながら、順々に台詞を吐いていく。

「二十歳《はたち》で二浪」「将来、不安なくせして」「なんら対応策もたてぬまま」「地元で燻《くすぶ》っている」「高校時代の片思いの男の子に」「いまだ未練たらたら」「東京にノコノコきたのは」「その彼に会うため」「彼に会って」タタタタタタタタタ、タタタタ、タタタァ、タタタァタタァタタァ。「言ってやるんだ」「あなたのカノジョ」「べつの男とデートをしていたわ」「それも水着で」「可愛《かわい》い水着で」「胸元にフリルのついた上下とも白のビキニで」「ツトムくんとデートをしていた」「裏切ってる」「あの子はあなたを裏切っているわ」「そう言ってやるんだ」「バラしてやる」「からだだけだったら、わたしのほうが数段マシ」「今度こそはっきり言おう」「あなたが好き」「マッチョなんか全然、タイプじゃない」「わたしが好きなのは」「あなた」「大河原くん」「わたしは」「あなたが」

「やめてっ」

真弓子は叫んだ。

気づくと自分をとり囲んでいたはずの六人は舞台の上だった。

タタタタタン。

曲は流れているが、だれも踊っていない。その場に立ちすくみ、真弓子に目をむけていた。ほんの一瞬眠りこけ、そのあいだに夢を見たようだ。

「さ、最後までやらせてください」

左から二番目の男性が神妙な顔つきで申しでた。真弓子にむかってだ。なぜそれをわたしが許可しなければならないのだ、と思ったものの、「やめてっ」と自分が叫んだことだけは現実なのだと真弓子は気づいた。

「あなただけのために一生懸命、演《や》ります」

よもやと思い、夢の中と同様に、客席を見まわした。だれもいなかった。真弓子はひとり、とり残されていた。

「よろしくお願いしますっ」

芝居はようやく終盤を迎えた。確信はない。真弓子がそう願っているだけかもしれなかった。

「あの荒れ地の彼方《かなた》から土煙をあげながら、近づいてくるのは何者ぞ」

セーラー服を着ているものの、あきらかに三十代の女性が、真弓子の後方に目をむけて言う。

「あぁ、あのひとこそ」役者全員が声を揃えて言った。「絶望ケ崎猿覇っ！」

舞台から真弓子の真後ろへスポットライトが射した。

「待たせたな、諸君っ」

待ってたよ。だれよりもいちばん、わたしがね。

ふりむくとそこに、藤枝美咲が仁王立《におうだ》ちしていた。

ポスターやチラシと同様、上半身裸、男物のブリーフを穿《は》き、全身を金粉塗れの姿でだ。しばらく間があり、藤枝が口を開きかけた。

その途端、どさり、と横に倒れた。

「どうした、絶望ヶ崎」「絶望ヶ崎獏覇」「絶望ヶ崎さぁん」

役者達が口々に言う。だが藤枝は返事をしないどころか、ぴくりとも動かない。白目をむいて口の両端から白い泡がでている。

「おい、あれ」「マジ?」「マジなんじゃない?」

役者達が舞台から降りてくる。今度は夢ではないようだ。真弓子も横たわる彼女に駆け寄った。

「おい、だれか救急車っ」


「栄養失調? どういうことだ、それ?」

藤枝は救急車で救急病院へ運ばれた。彼女に付き添った女性ふたりが戻ってくると、楽屋にいた役者達に藤枝の病状を報告した。素っ頓狂《すっとんきょう》な声をあげたのは、真弓子に最後までやらせてくださいと願った男である。彼は劇団の座長だった。

「ミサリン、ここんとこ、ずっと食事、とっていなかったじゃない。もともと偏食気味だし。目は覚ましたけど、こっちからの話にうなずくのがやっとだったわ。二、三日、療養が必要だって。あたし達がでてくるときには点滴受けてたわ」

病院から戻ってきた女性のひとりが言う。さっさと衣装を着替え、上下、ピンクのスウエットでいる。化粧を落としたその顔は目尻にしわがあった。

「でもどうします、夜の回は？　だれが絶望ヶ崎をやります？」インディ・ジョーンズ風の衣装を身にまとったままでいる男が言った。「あの場面、ミサリン以外全員、舞台にいますよ」

そこに『と』が入ってきた。ベンジャミンもいっしょだ。すっごく満足げな表情である。さぞや下北沢を堪能《たんのう》してきたことだろう。

「なに、どうしたの？　みんなで車座《くるまざ》になって？　なんかあったの？」

「なんかあったのじゃないよ、ジュンちゃん。ミサリンが泡吹いて倒れたんだ。いまさっき、救急車で運ばれたところ」と話す座長はベンジャミンを見ていた。

へへ。どうも。

「皮膚《ひふ》呼吸ができなくて倒れたんでしょ」『と』が断言する。「全身に金粉を塗ってると二十分が限界なんですよ。うちの父さんが昔観たショーで司会者がそう説明したって言ってましたもん」

「おまえの親父《おやじ》はどんなショーを観にいったんだよ」とインディ・ジョーンズがあきれ顔で言う。

「それ、病院の先生に言ったら」セーラー服だった女性が口をはさんできた。「嘘ですよって諭《さと》すように言われたわ」

そしてさきほどの説明を『と』に繰《く》り返した。

「いつ倒れたんです?」

『と』の問いに「でた直後」とインディ・ジョーンズが答えた。

「それって芝居の最中ってこと? お客さんはどうしたの。あ、もしかしてだれもいなかったりして」

役者達が一斉《いっせい》に真弓子へ目をむけた。

そういえばこの中に、大河原くんとおなじ大学でおなじ学部のひとがいるはずなんだ。どのひとだろ?

「彼女ひとりだった」座長が低い声で言う。

真弓子はなぜ自分がここにいるのか、よくわからなかった。救急車で運ばれる藤枝を見送り、そのあと役者達に誘われるがまま、楽屋に入ってしまった。畳敷きの六畳あるかどうかの狭い場所に、衣装や化粧道具が散らかり放題だった。その角隅《かどすみ》に真弓子はいままで息をひそめてじっとしていた。

なにしてるんです、真弓子さん?

ベンジャミンが首をかしげている。

「ど、どうも」『と』にむかって真弓子は会釈《えしやく》する。

「あなた、もしかしてマユッチ?」セーラー服だった女性が言う。

いや、だからそのマユッチってなにさ。

「ああ、この子がミサリンの親友かぁ」これはインディ・ジョーンズ。

「はあ」真弓子は曖昧《あいまい》な笑みを浮かべ、うなずくしかなかった。どうやら藤枝は劇団のひとたちに自分のことを親友だと言い触らしているようだ。しかもマユッチとあだ名をつけてだ。

いったいなんのつもり？

「あのさ、ジュンちゃん」座長は真弓子から『と』に視線をうつしていた。「お願いが」

「嫌」

「なんだよ、おい。まだなにも言ってないうちに」

「あたしにミサリンの代役を演れって言うんでしょ」

「うん。まあ」

「冗談言わないでくださいよ。あたし、役者はしないって約束でこの劇団、手伝ってるんですから」

「そこをなんとかさぁ」座長が手をあわせ、拝《おが》みだした。ほかのひとたちもそれに倣《なら》う。

だが『と』は「駄目駄目」と、ちっともとりあわなかった。

「からだじゅう、金粉、塗るなんて勘弁」

「それはしなくてもいいよ」座長はあっさり折れた。「台詞は二言。『待たせたな、諸君』と『そこのけそこのけお馬がとおる』だけだからさ。頼むよぉ」

ポスターやチラシにもでてて、タイトルにも名前が入ってて、なのに台詞は二言だけとは。藤枝。あんた、この一年ちょっと、東京でなにしてたの？

『と』と役者達がもめているあいだに、ベンジャミンは楽屋にあがると、真弓子のとなりに、ちょいと失礼しますね、という具合に座った。

栄養失調で倒れちゃうなんてさ。だらしがないったらありゃしない。そんなの藤枝じゃない。たしかに東京にきたのは大河原くんに会いたいっていうのもあった。だけどそれとおんなじくらい、凄いあんたを見たかったんだよ、わたしは。

「ぜぇぇぇったい、嫌」と『と』が大きく首を横に振った。

「でもさ、ジュンちゃん、きみ以外に頼めるひとは」

「はいっ」と右手を高く挙げる真弓子に、座長のみならず、『と』や役者達もふたたび目をむけた。

背筋をまっすぐに、息を吸い込み、腹の中に空気をためる。そして真弓子は言った。

「待たせたな、諸君っ」

狭い楽屋に真弓子の声が響いた。

藤枝。あんたができなきゃ、わたしがやるまでだ。

「どうする？　座長は顔だけでいいって言ってたわ」

『と』が訊ねてくる。時刻は五時。あと一時間後には幕が開く。この劇場、幕はないけど。

楽屋ではない。女子トイレである。真弓子は個室の便座の上に座り、うつむいていた。ドアは開けっぱなしで、タイル張りの床に『と』は立っている。彼女の両手には銀色のボウルがあった。中には金粉とそれを塗るための刷毛《はけ》が入っている。

『と』のうしろにベンジャミンがちょこんと座り、真弓子に顔をむけている。へへ、といつものように笑っていない。彼にしては神妙な面持《おもも》ちだ。

便座の上の真弓子は、金色のビキニに真っ赤なトランクスである。この衣装に着替えてから、にわかに後悔の念が沸《わ》きあがってきた。

「あたしは顔にだって塗んなくてもいいと思ってる」

「は、はあ」

ファンファンファンファンファン。トイレの換気扇の音がいやに耳につく。

「ミサリンってさ、おとなしくて控えめな子じゃん」

藤枝が？

「だもんだから、座長におまえの殻《から》を破ってみろって叱《しか》られてね。無理矢理、この格好、させられたのよ」

「そうだったんですか」

「はじめはポスターやチラシ用だったんだけど、座長のヤツ、悪のりしてさ。本番もそれでろって言われて。よっぽど嫌だったんだろうね。毎日、しくしく泣いてたもの。正直、痛々しかった」

「そうだったんですか」

あんたはあんたなりに東京と戦ってたんだね、藤枝。

「心配だったんだ。ミサリンのこと」『と』がぽつりと言った。「そりゃそうだよね。親友なんだもんね」

親友でもない。友達でもない。だけどこの一年ちょっと、藤枝のことを忘れたことはなかった。どうしてだろう。きらいなのに。迷惑なのに。

「衣装もべつのにしたっていいんだよ」

「塗ってください」真弓子は歎願《たんがん》するように言い、便座から腰をあげた。「顔だけじゃなくて、全身に金粉を塗ってください。お願いします」

タァタァアアタタタタンタンタタタタ、タンタンタタタタ、タタタタタン。

「カステラ一番、電話は二番」

劇場から漏《も》れてくる音にあわせ、真弓子は小声で唄ってしまった。すでに二時間以上、女子トイレにいる。ドアが開けっぱなしの個室で立ったり座ったり、ときには軽く柔軟運動もやってみた。そんな真弓子をベンジャミンはずっと眺めていた。

出番前になったら『と』が迎えにきてくれることになっている。「あ、え、い、う、え、お、あ、お。か、け、き、く、け、こ、か、こ」真弓子は発声練習をはじめた。「あぁ、ああ、あ、あ」

おれ、米村って、声はいいと思うよ。

大河原くんの言葉をひさしぶりに思いだす。

マジでいいと思ってるんだぜ。なんつうか、ここに響くんだよ、米村の声って。

わたしはまだ大河原くんが好きなのかな。

真弓子はわからなくなってきた。考えてみれば大河原くんとは卒業式以来、会っていない。その日から交《か》わした会話はあの電話ボックスでのほんのわずか、数分だけだ。そして『元気かよ』としか書いていなかった暑中見舞いらしきはがき。

発声練習をおえると、真弓子はなぜかシャドーボクシングをはじめた。生まれてはじめてすることだ。ボクシング自体、あまり見たことがない。だけど気持ちが昂《たかぶ》ってきて、やらないではいられなくなったのである。

カステラ一番、電話は二番の曲はおわっていた。かわりにいま、真弓子の頭の中で流れているのは『ロッキー』のテーマだ。トイレの中央で見えない敵にパンチを打ちつづける。そんな真弓子をベンジャミンは物珍しそうな視線で見つめている。

洗面台の上にある鏡に自分の姿があった。真弓子は手をとめ、鏡の前に立つ。顔まで金ピカの自分はまるで別人だ。考えてみればビキニを着るのははじめてである。右手を後頭部、左手を腰にあてて胸を反《そ》る。

蔦岡なんかより数段マシだ。

改めて真弓子はそう思う。

あの子、からだに自信がないから、可愛らしさで自分をアピールしてるんだ。ぜったいそう。

そのままの姿勢で、ベンジャミンのほうにからだをむける。

「どう、ベンジャミン？」

返答はなかった。こまった顔をされただけだった。

「マユッチ」ドアが開くと『と』が入ってきた。

「そろそろ出番だよ」

『と』のあとをついて、受付をまわり、客席の入り口へむかった。ベンジャミンが紐を垂らしたまま、ついてきている。途中、三階のふんどしパブの前にいたオジサン達と目があってしまった。真弓子はすぐさま視線を外す。

「おい、あっちの店のほうがよかねぇか」

オジサンのひとりが言うのを背中で聞きながら、真弓子は客席へ入る。

ひとがいるにはいた。ただしふたりきり。客席の照明は点《つ》いておらず舞台の灯《あか》りのみ、しかもこちらに背をむけているので、たしかめようがないのだが、たぶんカップルだ。芝居に飽きて眠ったと思《おぼ》しき女性を、男性が膝枕《ひざまくら》してあげていた。

「マユッチ、ここ」

『と』が耳元で囁《ささや》く。床に小さなバッテンマークがぼんやり光っているのが見えた。蛍光テープで『絶望ヶ崎獏覇』の立ち位置をしめしてあるのだ。真弓子はその場に仁王立ちになった。

「がんばってね」と言い、『と』はでていったが、ベンジャミンは残った。真弓子の右どなりに鎮座《ちんざ》する。

「あの荒れ地の彼方から土煙をあげながら、近づいてくるのは何者ぞ」

「あぁ、あのひとこそ絶望ヶ崎獏覇っ！」

スポットライトが真弓子にあたった。その眩《まぶ》しさに一瞬目を見開いたけれど、なにも見えなかった。

「待たせたな、諸君っ」

「米村?」

だれかが呟《つぶや》く声がする。大河原くんだ。空耳? ちがう。そっか。あのカップル。

「嘘？　マユさん？」

つづいて聞こえてきたのは、蔦岡の声だ。眠っていたのを大河原くんが起こしたのか。あるいは真弓子の声で起きたのか。

真弓子はつぎの台詞がでてこなくなった。

「どうした、絶望ヶ崎」「絶望ヶ崎獏覇」「絶望ヶ崎さぁん」

役者達の声が聞こえてくる。昼の回とおなじだ。いっそのこと、藤枝のように倒れてしまおうか。

「うぉうおうおうおうっ」

ベンジャミンが吠えた。

がんばってください、真弓子さんっ。

足を踏ん張り、腹の底に力を入れる。

「そこのけ」涙が溢《あふ》れでてきた。だが拭《ぬぐ》うことはできない。「そこのけ」

「うぉうううわうわう」

「お馬がとぉぉるっ！」

⑦

出番をおえてから、『と』に導かれ、ふたたび女子トイレへ戻ってきた。ちょっと待っててね、と『と』が去って十分は経《た》つ。

おひとりになりたいんですね、真弓子さん。わかりました。ぼくも失礼させていただきます。なにかあったら、お呼びください。

いっしょにいたベンジャミンは、『と』についていった。

真弓子は便器の蓋《ふた》に腰をおろし、放心状態だった。いまだ全身は金粉塗《まみ》れのままである。

米村？

嘘？　マユさん？

大河原くんと蔦岡の声が幾度《いくど》となく耳の奥でリフレインする。エコーがかかっているようでもあった。

泣きたい気持ちに見舞われながらも、目は渇《かわ》き切っていて、涙が滲《にじ》んですらこない。

今日はこれからどうすりゃいいんだろ。

いまさらながら真弓子は不安になってきた。

藤枝のアパートに泊めてもらうつもりだったけど、彼女、病院だし。もう九時近いよなぁ。いまからホテルをさがすことなんてとてもじゃないけどできないように思う。しかも犬連れだ。岸さんに相談するしかないか。迷惑かな。迷惑だよな。でもほかに頼るひといないし。

それにしても、と真弓子は首を屈《かが》め、金色に輝く自分のからだを改めて見る。

この金粉はいつ、どこで落としてくれるんだろ。『と』がやってくれるのかな。彼女でないにしろ、だれかしらに手伝ってもらわきゃ、どうしていいのかすらわからない。ほんとに莫迦《ばか》げたことをしたもんだよ。

鼻の奥がつんとしてきた。でもやはり涙はでてこない。

きぃぃぃいっ。

トイレのドアが開く音が聞こえた。『と』がでていったあと、鍵《かぎ》はかけていない。彼女かと思いきや、そうではなかった。

目の前に座長があらわれた。彼はすでに着替えをすませている。芝居はおわっていたらしい。いや、ちょっと待て。

「ここ、女子トイレですよ」

「知ってる知ってる。はは。きみに会いにきたんだ。いやぁあ、ごくろうさま。よかったよぉ。サイコー」

「あ、はあ。どうも」

面食らいながらも、真弓子は軽く会釈《えしやく》した。

「とても初舞台とは思えない名演技だったよ」

金粉塗れのビキニ姿で、二言、怒鳴《どな》っただけである。名演技もへったくれもあったものではない。

「荒唐無稽《こうとうむけい》な台詞《せりふ》が嘘くさくなく、聞こえてきたからね。それが絶望ヶ崎獏覇というキャラクターに厚みを持たせていたよ。きっとそれはあれだな、きみの声がいいからだな。うん」

声がいい、か。

悪い気はしない。真弓子は「ありがとうございます」と今度は深々とお辞儀をした。

「きみ、ミサリンと同郷なんだよね。むこうでいまなにしてるわけ？　学生？　それともOL？　家事手伝い？」

なんと答えていいものか、真弓子は迷った。なにをしているかといえば、犬の散歩とかき氷売りだけである。

「とくになにも」

「フリーターってわけだ」

自覚はなかったが、言われてみればそうだ。世の中には便利な言葉があるものだと真弓子は思う。

「いつまで東京、いる予定?」

「明日には帰ります」今日の夜はどうすればいいか、わからないけど。

「そうなんだ。上京してこっち住む気はない?」

「いえ、とくには」

座長はその場にしゃがみこんだ。ほんの少し動けば、彼の顎《あご》あたりに真弓子の膝小僧《ひざこぞう》があたりそうな距離である。

「きみさ。昼間の回んときに、やめてって叫んだだろ」

「あ、あれはあの、すいませんでした。あんときは寝ぼけてて」

しかし座長は真弓子の話をまるで聞いていなかった。

「ほんとんとこ、ぼくも叫びたかったよ」

「はい?」

「やっぱりあれでしょ? うちの女優陣が気にいらなかったんだよね」

「けっしてそんなことは」

「とくにミス・スコーピオン役の彼女なんか、サイテーだったでしょ」

ミス・スコーピオンってだれだったんだろ。

そんな登場人物がいたかどうか、真弓子はとっさに思いだせなかった。

「この役はあたしじゃないとできないって、言い張るもんだから、しかたなくやらせたのがいけなかったね。熱意とかだけで役をやらしちゃ駄目だね。深く反省してるよ。だいたい、アイツ、役者じゃなくてダンサーなんだ。芝居は今回がほぼはじめてのようなもんでさ。それにミス・スコーピオンは十五歳って設定で、衣装もセーラー服なのに、アイツ、三十過ぎだからね」

ああ、あのひとがミス・スコーピオンか。

「結果は案の定、ああさ。ほんと、頭、痛くなったよ」

座長は腕組みをして、首をひねっている。まるでこれからコサックダンスでもするような格好になった。

「どうだろ、きみ。ぼくを助けると思って、うちの劇団、入る気ない？」

なんであんた、助けなくちゃなんない？

「ついさっき、閃《ひらめ》いたことがあってね。次回公演はきみを主役でいきたいんだ」

「はぁ？」

「驚いた？　そうだよね。ふつう、驚くよね、いきなりこんな話」

驚いたのではない。話が突飛《とっぴ》過ぎて戸惑っているだけだ。どう反応していいかもわからず、真弓子はからだを硬くするばかりだった。

「きみは声がいいだけじゃない。華《はな》がある。生まれついてのスターなんだな、きっと。客席にいたときから、ひと際目立ってたもん」

そりゃ、客があたしひとりしかいなかったからだよ。

「きみが主役を張ってくれたらなぁ。これほど心強いことはないよ。まさに百人力さ。こんなちっぽけな小屋、客で一杯にできることまちがいなしだ。いや、ここじゃ狭過ぎるかもしんないな。いっそのことホンダを借りちゃってもいいや」

ホンダ？　バイクの会社がスポンサーの劇場でもあるのだろうか。

「年末か来年アタマを目処《めど》にして、絶望ケ崎獏覇シリーズ第二弾ってことでいこう。ぜったい、イケるよ、これ。だからさ。でてきなよ、東京。住むとこなんてどうにでもなるし。あっ、そうだ。もしなんだったら、ぼくのマンション、住む？　２ＬＤＫで一人暮らしなもんだから、一部屋まるまる空《あ》いてるんだ。そこ、住んでもらっていいよ。家賃は取るつもりないし、おかしなことはぜったいしない。きみのことをどうこうしようなんて、ひとかけらも思ってない。神かけて誓うから安心してよ」

まったく安心できない。

「きみ、ぼくのこと、疑ってる？　こんなオイシイ話、ないと思ってるでしょ」

はい。思っています。

「い、いえ」胸の内と正反対の返事が口からでてきていた。さらには「そんなことないですよ」とまで言ってしまう。

我が近衛兵《このえへい》、ベンジャミンよ。ベンジャミンは何処《いずこ》。

「ぼくってひとの才能を見抜く力は人一倍あるんだ。ほんとだよ。きみさ」

座長はテレビや映画で活躍している新進女優の名前を挙げた。

「って知ってるよね」

「知ってますけど」

浪人生活のせいでそういった類《たぐ》いのことに疎《うと》くなっている真弓子でも、名前を聞いただけで顔を思い浮かべることができた。しかしなぜそのひとの名前を座長が口にしたかはわからなかった。

「うちの劇団を旗揚げする前、ぼく、べつの劇団の演出やってたんだ。そんときに入団したてのあの子を主役に抜擢《ばってき》したのぼくでさ。田舎《いなか》からでてきたばっかのウブなイモネーチャンだった彼女をだれよりも早く、このぼくがスター性を見抜いたってわけよ。それをきっかけに彼女、ブレークしたんだから。昨日の夜も演技のことでぼくんとこ、電話してきて、うちくるとか言うわけ。そうはいかないじゃん。いまをときめく若手のナンバーワン女優がだよ、うちのマンションに入るところ、写真週刊誌のカメラマンにでも撮《と》られた日にはコトでしょ？　あたしはべつにかまいませんなんて、彼女言うんだ。でもさ、そうもいかないでしょ。どうにか説得して、明け方近くまで電話で話をしたんだ。ほんと彼女にはこまったもんだよ」

座長の饒舌《じょうぜつ》に、真弓子は心底うんざりした。

なんとまあ、薄っぺらな男だこと。口からでてくる言葉のすべてが陳腐《ちんぷ》で嘘くさい。だれがそんな話に乗るもんですか。口角《こうかく》に泡が立っているのも気持ちが悪いし。

そこまで考え、真弓子ははたと気づいた。

そんな話に乗ると思われるほど、あたしはウブなイモネーチャンなのだ、きっと。たははは。なんてこったい。

「きみには彼女とおなじオーラの輝きがあるんだよね」

輝いているのはオーラではなく、金粉のせいだよ。

そのときになって座長の視線のさきが自分の顔にではなく、胸の谷間にそそがれていることに気づいた。

金粉塗れとはいえ初ビキニである。ついさきほど絶望ケ崎猩覇役として人前にさらしたものの、三分にも満たないほんのわずかな時間にすぎなかった。

それがいま、これほどの至近距離で、今日会ったばかりの薄っぺらなゲス野郎に這《は》うような視線で見られてしまっている。サイテーでサイアクだ。

故郷の海岸で目にした、蔦岡のビキニ姿が脳裏《のうり》にちらつく。相手が大河原くんであれ、ツトムくんであれ、好きな男のためにビキニになる彼女が羨《うらや》ましくもあり、妬《ねた》ましくもあった。

いったいいつ、あたしにそんな日が訪れるのだろう。なんだか生涯、訪れない気がしてならなかった。

真弓子は軽く咳払《せきばら》いをしてから、両腕で胸を隠した。座長の視線が顔に戻る。なんとも厭《いや》らしい目だった。背筋に寒気が走る。

「なんだったらどう？　これから打ち上げがあるんだ。劇団員みんなで呑《の》みいくから、きみもいかない？　いまの話、もっと掘り下げてしようよ」

危《あや》うし、あたし。

声がでなかった。だしたくても、唇がわなわなと震えているせいででないのだ。

助けて、ベンジャミンッ。

「ウォンッ」

真弓子の心の悲鳴に呼応するかのごとく、ベンジャミンの鳴き声が聞こえてきた。それもごく間近でだ。真弓子がすっくと立ちあがると、座長はその場に尻餅《しりもち》をついた。「ふへええ」と間の抜けた声をあげながらだ。

まったくもってざまぁない。

すぐさまこの場を逃げだそう。ゲスで薄っぺらな勘違い男の舐《な》めるような視線にさらされるのはもう勘弁だ。個室からでようと一歩を踏みだすと、座長がとおせんぼをするかのように立ちはだかった。下心なんて生易《なまやさ》しいものではない、どす黒い欲望を胸の内に抱えているのがはっきりとわかる顔つきをしている。これで舌なめずりでもしたら完璧《かんぺき》だ。と思ったら、座長は本当に舌なめずりをした。

あっ、したよ、舌なめずり。

日常の仕草からして三文《さんもん》役者だ、この男は。

「ウォンウォンウォンウォン」

飼い犬の名を呼ぼうと、口を開きかけたときだ。

「やだ、ケンジくん。あの犬、どかしてよぉ」

蔦岡の声がした。

「どかしてって言われても」

大河原くんもいるようだ。ベンジャミンが吠《ほ》えるのをやめ、低い声で唸《うな》りだした。

「だってそうしてくんなきゃ、あたし、トイレ入れないもん」

「駅まで我慢できない?」

「ケンジくん、犬、怖いの?」

「そんなことはないよ。なんかおれ、あの犬、見たことあんだよなあ」

「どこにでもいそうな犬じゃん」

甘ったるさは多少残しているものの、蔦岡の口調はつっけんどんで乱暴だ。ツトムくんに対してのほうがいまの十数倍は艶《なま》めかしい声をだしていたように思う。大河原くんは訛《なまり》がとれ、すっかり標準語のアクセントでしゃべっている。

「ごめんなさいねぇ。そこの女子トイレ、つかおうとしてますぅ?」

つぎに聞こえてきたのは女性の声だ。さきほど座長が酷評していたミス・スコーピオンのようだ。

「やべっ」

座長があたりをきょろきょろ見まわしている。どうやらドア以外の出口をさがしているようだ。あるはずがない。ないのはわかっていても、そうせずにはいられないといったところかもしれない。

「そうなんですぅ。でも犬に道をふさがれちゃって」

「ああ、その犬。たぶん中にいる飼い主のこと、待ってるんじゃ」

ミス・スコーピオンが話している途中に、さらにまたべつの声が割り込んできた。

「なんだ、ここにいたんだ」『と』である。「紐《ひも》でつないでなかったから、表でてったのかと思って、焦ってさがしにいくとこだったよぉ」

「ジュンちゃん。ミサリンの友達、まだトイレん中だよね」

「ええ、そうです。どうします?　あの子の金粉、どこで落としたらいいですかね?」

「ミサリンのアパートでいいよ」

「でもミサリン、病院じゃないですか」

「それがね。病室でるとき、ベッドに横たわって、点滴受けてるミサリンがなにか言いたそうだったの。芝居のことかなと思って、唇に耳を近づけたら、『マユッチ、今夜、うち、泊まる』って息も絶え絶えにか細い声で言ったんだ」

点滴を受けながら、あたしのことを心配してくれてたのか。

真弓子は胸が熱くなった。

「あの、すいません」大河原くんの声だ。「ミサリンって、藤枝美咲のことですか」

「そうだけど。きみ達、芝居、観ててくれたよね」

「病院ってどういうことです?」

「栄養失調で、昼の回で倒れたのよ。人前に裸さらすんだからって、ダイエットしててね。挙げ句の果てにまわりに迷惑かけてちゃ意味ないじゃんね」

そしてミス・スコーピオンは「ハッハッハッ」と快活に笑った。舞台に立っていたときよりも、ずっと芝居っ気たっぷりの笑い方だ。

「じゃあ、あの最後のほうで、全身、金粉だらけにしてでてきたのは」

「マユッチ」と『と』。「ミサリンの親友の」

「きみ」座長の囁《ささや》きが耳元で聞こえ、真弓子は思わず身を引いた。改めて彼の顔を見ると、いまにも泣きそうな相好《そうごう》だった。なにかに怯《おび》えているかのようだ。「さっきの話、ひとにはしないでおくれよ」

「さっきの話ってどの話です?」

「それはその、だからえぇと、ぼくがここにきたのは、きみの演技をほめ讃《たた》えるためだけだったってことにしてくれ」

「残りはぜんぶ、嘘だったんですか」

半分からかうように、真弓子は言ってやった。

「ちがう。ぜんぶ、ほんとに決まってるじゃないか」

そんなに憤《いきどお》らなくてもいいよ。

そのくせ座長は、「それにしてもあのマユッチって子、度胸いいね」と外から聞こえるミス・スコーピオンの声に、びくりとからだを震わせた。

「マユッチってマユさんのこと?」蔦岡の声がする。「うん、ああ、たぶん」大河原くんが自信なさげに答えた。

「いくら親友のためとはいえ、金粉塗れになって、人前にでるなんて無謀なこと、あたしにはできないなぁ。うん。えらい。えらいよ、彼女は」

「マユさんが親友?　藤枝さんのですかぁ?」

蔦岡が不思議そうに言う。

「ミサリン、いっつも言ってるよ。高校時代のいちばんの親友であり、よきライバルだって」

「そうだったぁ、ケンジくん？」

「そういう感じでもなかったように思うけど」

「ほんとの親友っていうのはね。端《はた》から見たって、仲のよさがよくわかんないものよ。きっと、あのふたりは遠く離れていても心が通じあっていたにちがいないわ。ソウルフレンドってヤツね」

ミス・スコーピオンは断言し、さらに「あたしにはわかるわ」と付けくわえた。

いやいや。わかってないって。

「それにしてもあの子、まっすぐに伸びたいい声だったなぁ」

「ですよね」我が意を得たりとばかりに、大河原くんが言う。「あいつの声って胸に響くんですよ」

「そこのけそこのけお馬がとおるのどこが？　それに金粉塗れだったし」

なによ、蔦岡。ムカツク。それともなに、カレシがべつの女、ほめてるから焼いてるわけ？

「そういうなんでもない台詞なのに、米村が言うと」

「どうだっていいよ、そんなこと」可愛《かわい》い戦士らしからぬ無愛想な物言いだ。「あたしはトイレいきたいの」

「そうだ」『と』が思いだしたように言う。「もう少し待ってもらえます？　中にいるマユッチを運びださないと。ここのトイレ、個室がひとつしかないんで。どうしても我慢できなければ、ひとつ下の階にあるお店のだったら借りられますよ」

『と』が含み笑いをしているのが、そのしゃべりでわかった。蔦岡に対して、少なからず悪意が感じられた。可愛らしさだけを武器に生きている若い娘に、悪意を持たない女性のほうが珍しいというものだ。

「そのお店って、ふんどしパブとかいうとこですよね。嫌です。ここのつかいます」

さすがの可愛い戦士カワインダーもムッとしている。

「マユッチ、まちがいなく中にいるんだよね？」

ミス・スコーピオンの問いに「ええ」と『と』が答えた。

「だけどこんだけ外で騒いでいたら、ふつう、でてくるか、なにか言ってきそうなもんじゃない？」

「ウォンウォン」ミス・スコーピオンの意見に賛同するように、ベンジャミンがふたたび吠えた。

「金粉のせいで、皮膚呼吸ができなくて、窒息してたりとか？」と言う蔦岡は、そうであってほしいと期待しているかのようだった。

「それは嘘なんだって」と『と』。「緊張が解けて、寝ちゃってるんじゃないかな」

「入ってみれば、わかることか」

ミス・スコーピオンのその言葉が合図かのように、それまで真弓子の間近にいた座長がぱっと離れ、モルタルの壁に背中をつけた。

「ジュンちゃぁぁん」

またまたべつの声がした。わずかに遠くからだ。たぶん劇団員のだれかしらだ。

「そっちに座長いないかなぁ？　事務所で支配人が呼んでるんだよぉ」

「こっちにはいませんよぉ」『と』が返事をする。

「おっかしいなぁ。まさかさきにひとりで打ち上げの会場へいっちゃったってことはないよねぇ」

「昨日は芝居がハネたあとすぐ、下の店に飛び込んでいきましたよぉ」

「ふんどしパブにぃ？」と声をあげたのはミス・スコーピオンだ。「バイトの夜勤を引き受けちゃったって、着替えもそこそこにでていったわよ」

「あの莫迦」壁にへばりついた座長が吐き捨てるように言った。

「バイトは嘘ですよ」『と』が笑いながら言う。「あたし、受付から見てましたもん。座長が店のドア開けてるとこ。あたしが声かけたら、すっごく驚いて、唇に人差し指を押しあてました。あっ。あれは黙っておけってことか。いま気づいた」ぜったい、いま気づいたのではない。「今日もふんどしパブだったりして」

「ウォンウォンッ。ウォンウォンウォンウォン」

ベンジャミンは吠えながら、トイレのドアを前脚で引っ搔《か》いているようだ。かりかりかり、と音が聞こえる。

「ちがう。ふんどしパブじゃない」ミス・スコーピオンが言った。それまでの明るさはない。沈んだ低い声になっていた。「ここだわ」

きぃぃぃいっ。

ドアの開く音がするや否《いな》や、ベンジャミンが姿をあらわした。

お待たせしました、真弓子さん。へへ。

「なにしてるんです、座長っ」

つづいて入ってきたのはミス・スコーピオンだ。

「な、なにって、べつに。あれだよ。ねぇ、きみ」

あたしに助けをもとめてどうする？

ミス・スコーピオンはトイレの個室にいた真弓子を有無も言わせずバスタオルでぐるぐる巻きにする。そのあいだ、座長は背中を壁にへばりつかせたままだった。

「この子のとミサリンの荷物、楽屋だよね。ジュンちゃん、持ってきて」

それからミス・スコーピオンは「おっこらせ」と真弓子をお姫様抱っこすると、急な階段を足早に降り、夜の下北沢にでた。

あたりを見まわそうにも真弓子は首を微動だにできなかった。見えるのはミス・スコーピオンの顎と鼻の穴、そして星の数が少ない東京の夜空だけだった。

電車の走る音が幾度か聞こえてきた。遮断機の警報音もだ。いずれもけっこう近くからである。ミス・スコーピオンは線路に沿った道を歩いているようだ。

「犬、ついてきちゃってるけど、あの犬、あなたの?」

ミス・スコーピオンに言われ、ベンジャミンの足音に気づいた。ざざざ、ざざざと聞こえるのは紐を引きずる音だろうか。

「は、はい」

「あの犬もミサリンとこ、泊まるわけ?」

「え、ええ、まあ。あの、彼女のアパートってまださきなんですか」

「もう着いたわ」

からだが斜めになったかと思うと、素足が地面に着いた。だらりと剝《は》がれていくバスタオルを、ミス・スコーピオンが両手で器用に巻き取っていった。街灯の灯《あか》りで彼女の顔がてかっている。ずいぶんと汗をかいているようだ。

あたりは薄暗く、自分がどんな場所に立っているのか、咄嗟《とっさ》に判断できず、真弓子はまごついた。屋外ではあるが道端ではない。目の前にブロック塀があった。そのむこう側に電柱にとりつけられた街灯の白い灯りが見える。

ふりむくとそこに二階建てのアパートらしき建物があった。第二ヒヨコ荘にちがいない。

「藤枝のこともこうやって運んだんですか」

「金粉塗れで裸同然の女の子を、町中、歩かせるわけにもいかないでしょ。いろいろ考えた末、あたしが抱っこして運ぶのが、いちばん手っ取り早いっていう結論に達したわけ」

ミス・スコーピオンはバスタオルを広げ、立ったままできれいに畳むと、金粉がついていないところで顔の汗を拭《ぬぐ》っていた。

「座長、あなたにどんな話した？」

唐突ではあったが、当然されるであろう質問だったので、真弓子は驚きはしなかった。

つぎの公演で主役にしてあげるから、上京してきたらって言われちゃったんですよぉ。テヘー。

なんて言えるわけがない。言うつもりもないけど。

真弓子が迷っていると、ミス・スコーピオンは若手女優の名をだした。

「その子のこと、話した？」

「あ、はい」

「あの莫迦がもといた劇団で主役に抜擢したとかどうとかってことも？」

「昨夜も電話があったって」と言いながら、真弓子は自分の頰《ほお》が緩《ゆる》んでいるのがわかった。声をだすほどではないにしろ、笑いがこみあげてきて、たまらなかったのだ。

ミス・スコーピオンも笑っている。そこで真弓子は調子に乗ってしまい、「あの莫迦、そう言ってました」と付けくわえた。

「ウォンウォンウォン」

ベンジャミンが同意するように吠える。

途端、ミス・スコーピオンは笑うのをやめた。

「あいつ、あたしの亭主なんだ」

え？

籍を入れてないし、別居中だけど亭主？　形式にとらわれずに愛さえあれば夫婦だってことかしら。

「籍は入れてないし、別居中だけどね」

「自分じゃ散々、あいつを莫迦呼ばわりしてるけど、他人に言われると、ムッとするわ」

「す、すいません」

気まずい空気が流れる。ベンジャミンもそれを察し、首を垂れていた。

「あっ、きた」とミス・スコーピオンが言った。

「すいません、おそくなって」

『と』だ。

彼女は右肩に真弓子のボストンバッグ、左肩に豹柄《ひょうがら》のショルダーバッグをかけていた。左手にぶらさげたレジ袋の中身は靴のようだ。たぶん真弓子のだろう。

「あたし、片付けしなくちゃなんないから、劇場戻るわ。あとはよろしくね」

「了解でぇす」

『と』が敬礼の真似をする。

「ジュンちゃんは打ち上げ参加するの?」

「あたしは遠慮しときますよ。劇団員じゃないですし」

「あなたは?」ミス・スコーピオンの視線は真弓子にうつった。「座長に誘われたんじゃない、打ち上げ?」

籍を入れてなくて、別居中でも亭主のことは、なにもかもお見通しのようだ。

「今日はいろいろあったんで」

すぐにでも横になりたいくらいクタクタだ。家をでたのが今朝のことだなんて嘘のように思えた。

「またあなたに会うこと、あるかしら」

どうだろう。あっ、そうだ。

「つぎの公演、観にいきます」

ほんとはいきたくないけど、こう言っておくのが礼儀のように真弓子は思えた。

「つぎの公演？　うちの？　どうだろ。あるのかな」

ミス・スコーピオンは笑った。声をあげてではない。自嘲《じちょう》とはちがう、いたく寂《さび》しげな笑顔だ。

「あってもあたしがでるかどうか、わかんないよ」

「そうなんですか？」

「いい加減、他人の夢につきあうのにも疲れちゃったしね」

他人とは座長のことなのかな。そう思っても真弓子は改めてたしかめることはしなかった。

「ま、縁があったらまたどこかで会いましょ」

「あの」

「なに？」

「藤枝が入院してるとこ、教えてください。明日、見舞いにいきたいんで」

「サンチャの救急病院ですよね」

『と』が口をはさんできた。彼女は外付け階段を数段あがったところにいる。ベンジャミンも一段目に右の前足をかけ、主人の様子を窺《うかが》っていた。

いま、『と』、サンチャって言ったぞ。

「あたし知ってるから、あとで教えてあげる。さ、マユッチ。だれかくるかもしんないから、早いとこミサリンの部屋いって、金粉落とそ」

「あ、はい」

真弓子が返事をすると、『と』とベンジャミンはなかよく階段を駆けのぼっていった。

そのときにはもう、ミス・スコーピオンは塀の外へでていた。

「待ってねぇ。鍵、鍵、鍵。鍵はどこだぁ」

二階の角部屋の前で、『と』は豹柄のバッグを開け、中を漁《あさ》りだした。

「そのバッグって」

「ミサリンの。彼女っぽくないよねぇ」

鍵はなかなかでてこない。このままでてこなかったら、あたしはどうなっちゃうのだろう、と真弓子は心配になった。

電車の走る音が遠くから聞こえてきた。こちらにむかって近づいてきている。いったいどこを走っているのだろう。音が大きくなるにつれ、アパートぜんたいが縦に揺れていく。

「あった、あった」

電車の音が遠ざかり、揺れがおさまった頃、ようやく『と』は部屋の鍵を見つけた。鍵には『大願成就《たいがんじょうじゅ》』と書かれたお守りがついていた。

狭い部屋だった。六畳あるかないかくらいだ。モノは少ないが片付いてはいない。両脇の壁にはけっこうな量の服がかかっていた。いまの季節のものだけでなく、ジャンパーやコートのような冬物もあった。布団《ふとん》は敷いたままで、そこには服が散らばっていた。雑誌や本、ＣＤなどが積まれた塔のようなものがあちこちにある。袋を開けたままのポテトチップや、食べかけの板チョコ、半分以上中身が残っている烏龍茶《ウーロンちゃ》のペットボトルが畳にじか置きだ。ベンジャミンは部屋をのぞきこみ、訝《いぶか》しげな顔をしていた。

「マユッチ、こっち、入ってて」

『と』が入り口の手前にある二つ折りのドアを開いた。

「そこで待っててね。いま、金粉を落とす準備するから」

ホテルのようにトイレと浴室がいっしょだった。真弓子は中に入り浴槽の縁にお尻を置く。開いたままのドアのむこうに、『と』の背中が見える。キッチンと呼ぶにはあまりに狭い空間で、彼女はサラダ油をステンレスのボールに注いでいた。

「これで大雑把《おおざっぱ》に拭《ふ》き取って、あとはシャワーがんがんに浴びながら石鹸《せっけん》で必死に落とすしかないんだよね。二、三日はからだが油くさいけど、まあ、我慢してちょうだい」

「あ、はい」

そのとき電車の走る音が聞こえてきた。部屋が縦に揺れる。

「あれ、小田急線《おだきゅう》」と『と』が言った。「部屋の窓開けると、すぐ横、線路なのよ、ここ」

「あ、ああ」

入ってきたところから電車が見えなかったのは、ちょうどアパートをはさんでいたからだろう。

「夜はまだしも昼間はひっきりなしじゃないのかな。よくまあ、こんな部屋、住んでるよ。ま、そのぶん家賃は安いらしいけど。一応、エアコンもあるし」

「いくらくらいなんです？」

「五万ちょいだって言ってたかなぁ」

五万ちょいが安いのか。アパートの、それも東京のとなるとまったく相場がわからない。しかし狭いだけならまだしも、電車が行き来する度《たび》に縦揺れする部屋に五万ちょいだなんて、真弓子は到底、信じ難かった。

これが東京なのか。こんなとこで蔦岡のように『可愛い』を習得するのはぜったい無理だよ。

東京へいきたいと考えていた時期もあった。高三で受験勉強をしていたときだ。去年、一浪をして予備校へ通っていたあいだも、大河原くんがいる大学へいこうとがんばっていた。

いまはどうだろ。幻滅《げんめつ》した、というのが正直なところだ。たったの一日、いや、シモキタの地に足を踏み入れてからまだ十時間経っていないのに、それはまだ早いだろうか。あたしはほんとの東京のことなんかまったく知らずに、妄想を膨《ふく》らませ、憧《あこが》れていただけなのかもしれない。

大河原くんのこともそうだとしたら？

大河原くん本人が好きというよりも、自分の中で勝手につくりあげた、ベースは大河原くんだが似て非なる理想のカレシ像に熱をあげているのではないか？


金粉を落としている最中、『と』が「お腹、減ってない？」と訊ねてきた。

高速のサービスエリアで、遅めの朝食をとってからなにも口にしていない。そう気づいた途端に、お腹がきゅぅうと鳴った。それを聞いて『と』はケケケと笑った。

「あとはもう自分でシャワーつかって、ゴシゴシするだけだからさ。あたしいま、なんか買ってきてあげるよ。吉野家の牛丼でいい？」

「あ、はい」

「ほんとはもっといいもん、食べさせてあげたいとこだけど、あたしの懐《ふところ》だとそれが精一杯なんだ」

「いえ、あの、あたし払います」

「いいって、いいって。今日の出演料ってことでさ」

でもそれは『と』が払うべきものではないだろう。しかしこれ以上、押し問答をしていたところで埒《らち》があかないだろうから「ありがとうございます」と彼女に背をむけたまま、礼を言った。

「ベンジャミンには昼間、カフェでペット用のランチをおごってあげたんだ」

「そうなんですか」

さすが東京。ペットにもランチがあるとは。でもベンジャミンのヤツ、どうしてそのことを一言も言わなかったのだろう、とそこまで真弓子は考え、それは彼が犬でほんとはしゃべることができないからだとすぐに気づいた。

「でも彼もきっと、お腹減ってるよね」

「ドッグフードを家から持ってきてるんで、あとであげます」

「じゃ、あなたの牛丼だけ買ってくるわ」

でてから十分もしないうちに『と』は戻ってきた。それからがあわただしかった。

「牛丼、流し台んとこにあるから。あとこれ、ミサリンのだけど、つかっちゃって」『と』は便器の蓋にバスタオルを投げ置き、「じゃあ、あたし、うちにひとを待たせてるんで。バイバイ」と言い残して、ふたたび部屋をでていってしまった。真弓子は返事をする間もなかった。

金粉はどうにかこうにか洗い落とすことができた。たぶん、である。背中や腰、お尻などはたしかめようがない。服を着ればひとに見られないのだから、気にすることもないだろう。真弓子がバスタオルをからだに巻きつけ、ユニットバスからでると、ベンジャミンは流し台の前にからだを丸めて眠っていた。部屋が涼しくなっていた。『と』がエアコンをかけておいてくれたのだ。

だれもいないので、裸でうろついてもいいようなものだが、他人の部屋ではなんとなく憚《はばか》られる。バスタオルを巻いたまま、ボストンバッグからパジャマと下着をだし、そそくさと着ていった。

部屋の随所にある食べかけのお菓子なども気になりだしたので、ひとまとめにして部屋の片隅によけた。烏龍茶のペットボトルを入れるために、冷蔵庫を開いたのだが、その中はからっぽだった。これでは栄養失調になるのも当然だろう。

あっ。藤枝が入っている病院の場所、聞かなかった。どうしよ。真弓子は『と』から携帯電話の番号をもらったことを思いだす。あれ、どこやったっけ。

その時、電話の受信音が鳴った。

「ファクシミリを受信します」と言ったかと思うと、電話はンガゴゴガゴと薄っぺらい紙を吐きだした。

はじめに『マユッチへ』という文字が見えた。つづいて手描きの地図が見えてきた。『ミサリンのアパート』から『三軒茶屋《さんげんぢゃや》の病院』への道程《みちのり》だった。『サンチャ』が『三軒茶屋』だと真弓子は理解した。

地図の下に『大泉純《おおいずみじゅん》』と書いてある。『と』の名前にちがいない。『そっからだと歩いて十五分かかんないよ。またシモキタくることあったら、連絡ちょうだい。今度はベンジャミンじゃなくて、あなたを案内してあげるわ』。

うれしかった。『と』ではない、大泉純にすれば、最後の言葉なんてただの社交辞令にすぎないかもしれない。それでもだ。

おっと、そうだ。岸さんに電話しなきゃ。

バッグから財布をだし、中をのぞく。岸の名刺はそこにあった。真弓子は足を崩し、080ではじまる番号を押していく。

「もしもぉぉぉし、どなたですかぁぁぁ」

陽気な声が受話器越しに耳へ飛び込んできた。

「よ、米村ですが。岸さんですよね」

思わずたしかめてしまう。

「そうよぉ。どう？　カレシとウマいことやってるぅ？」

陽気なのは岸の声ばかりではなかった。そのうしろでは、えらく派手な音楽が流れている。彼女がどこにいるのか、真弓子には想像がつかなかった。

「それともなんかハプニング？ カレシん家《ち》いったら、オンナがいたとか？」

「ちがいますよ。明日、いつどこで待ちあわすかって」

「ああ、そうか」

ああ、そうかって。決着はどうしたんだろ。おわったのかな。

「そこってバーかなにかですか？」

「うん、そう。青山なんだけど、いまからくるぅ？」

「遠慮しときます」

「そりゃそうだよねぇ。カレシとふたりきりでいたいよねぇ」

ぱさり、と音がした。眠っているベンジャミンがしっぽをふったのだ。

「あったまくるよなぁ」

「え？」

「あ、ごめん、ごめん。あいつのこと」

あいつとは決着をつけてきた相手にちがいない。なにがあったか気になるところだが、真弓子には訊ねるなんて真似は無理だった。高校時代の失恋を引きずりつづけ、大学受験に二度も失敗し、なおかつまだうだうだしている自分には、あまりにもハイレベルな男女関係に思えたからだ。

「場所はそっだなあ、サンチャの駅でどう？」

「サンチャって三軒茶屋ですよね」藤枝の病院もサンチャだった。近くなのかな。

「うん。そっからだったら歩いていけるはず。カレシに訊《き》いてみな」

いないカレシには訊けないよ。明日、病院の受付ででも訊こう。

「早くていい？　朝の十時とか」

「すいません、あの、十時は」

「早い？　じゃあ十一時は？」

「それでお願いします」

「わかった。ほいじゃあね」

ほんとだいじょうぶかな、岸さん。呂律《ろれつ》もまわってなかったけど。

しかし心配をしたところでどうしようもない。

真弓子は喉《のど》の渇きを感じたので、水道の水を両手で掬《すく》って飲んだ。東京の水はまずくて飲めない、と父が言ったことをふと思いだす。真弓子が小学生の頃ではないか。当時、父は地元と東京を年中、行き来していた。東京について訊ねたところ、返ってきた答えがそれだった。もっとべつのことを言われたかもしれない。だけどはっきりとおぼえているのはそれだけだった。

そうまずくもないけどな。

視界にオレンジ色の容器が入った。大泉純が買ってきてくれた牛丼弁当だ。蛇口をしめ、濡れた手をパジャマで拭いて、容器に触れた。まだ温かかった。

テーブルがないので、真弓子は布団の上にあぐらをかき、牛丼を食べだした。高校のとき、FMの番組がおわったあと、小川や佐田にごちそうになることがあった。局の事務所で打ち合わせをしながら、みんなで食べたこともあった。

楽しかったな。なんだかんだといって、『ドラッグ小川のエクセレントサンデー』でアシスタントをしていた頃が、これまでの人生でいちばんの頂点だったよ。ヨ・ロ・シ・ク・ネでひと騒動起きたことが懐《なつ》かしいくらいだ。これからさきの人生で、もっとハッピーで愉快なときって迎えることができんのかな。なんかできない気がする。

そんなことないですよ。

「うわっ」

ベンジャミンがのぞきこんできた。

「あんた、いつ、起きたの?」

へへ。いまさっきです。あんましいい匂いがするもんで。

「これはあたしんだからね」

くれとは言ってないでしょう。

「目が言ってるわよ、目が」

だいたいもうほとんど残ってないし。

ベンジャミンはぷいと顔を横にむけ、部屋の中をとぼとぼ歩きだした。

「あんまりうろつかないで。汚したらあとで藤枝に叱《しか》られるからさ」

わかってますって。それよりぼくにもなにか食べさせてくださいよ。

「待っててよ」

真弓子は残った牛丼を口に押し込み、四つん這いになると、手を伸ばして、ボストンバッグを引き寄せた。

電車が外をとおり、部屋が揺れる。こういう場合、ふつうの犬ならば、キャンキャン吠えるにちがいない。だがベンジャミンはいたって冷静だ。おとなしく窓のほうを見ているだけである。そんな彼の前に真弓子はタッパーに入ったままのドッグフードをさしだす。

「あんた、さっき、そんなことないですよって言ってたよね。あれはどういう意味?」

ベンジャミンは答えず、食事をはじめた。がっつかない上品な食べ方だ。夢中で牛丼を食べていた真弓子のほうがずっと犬のようだった。

「あたしにまだ未来があるってこと?」

未来はだれにでもあるでしょう。

「ハッピーで愉快な、よ」

そうであるかどうかは気の持ちようですって。いまだってそうかもしれませんよ。

「いったいいまのどこがハッピーで愉快だっていうのさ」

ぼくは真弓子さんといられるだけで、ハッピーで愉快ですよ。

「うれしいこと言ってくれるじゃん」

それから真弓子はベンジャミンの頭を撫《な》で、腰をあげた。空気を入れかえようと思い、窓を開く。ベランダがあったのででてみた。下をのぞきこむと、なるほど大泉純が言ってたとおり、真横に線路があった。飛び降りれば、電車にひかれてしまうかもしれないほど近い距離だ。

ベンジャミンもベランダにでてきた。真弓子はベランダの手すりに背中で寄りかかると、五万ちょいのワンルームを改めてながめた。

布団の上に藤枝の姿がぼんやり浮かんでくる。からだを丸め、しくしく泣いている。金粉塗れになって、人前にでるのが嫌でたまらないのだ。あたしはこんなことをするために東京へきたんじゃない。でもこうしなければ、自分の殻《から》を破ることはできない。やるだけやろう。がんばろう。待たせたな、諸君。そこのけそこのけお馬がとおる。

「中、入るよ、ベンジャミン」

主人の仰《おお》せのとおりとばかり、彼はひょいと部屋に入った。その途端、本や雑誌、ＣＤでできた塔のひとつを蹴飛ばしてしまった。

「あぁあああ、なにしてるのさぁ」

はい？

ふりむきざま、しっぽでまたべつの塔を崩していた。

ベンジャミンを流し台のほうへ追いやってから、真弓子は塔を積み直した。難しそうな哲学書もあれば、昔の少女漫画の単行本、占いや自己啓発本もあった。雑誌はアルバイトの情報誌がほとんどだった。CDがジャニーズ系で占められているのには笑ってしまった。じつはジャニーズ好きだったとはね。

ベンジャミンはさきほどの場所に戻った。腹がくちくなったらまた眠気が襲ってきたのかもしれない。大きなあくびをしている。

それがうつったかのように真弓子もあくびがでてきた。布団の上にある藤枝の服を一枚ずつ丁寧《ていねい》に折り畳んでいった。

壁に並んだ服に目がいく。豹柄のワンピースもあった。やはり藤枝っぽくないと思う。ライブの際に着ていた衣装や、高校の制服にえんじ色のジャージもある。

藤枝が幼稚園の子供達とクリスマスの飾りつけをしていたのを思いだす。

無邪気に笑う藤枝。

あの笑顔をもう一度見たい。

明日、見ることができるだろうか。

「退院した？　いつです？」

受付の女性は卓上にある表らしきものを見ながら、「九時十五分です」と答えた。真弓子は受付の大きな壁掛け時計に目をむける。九時半ちょうどだった。

「いきちがいになっちゃったみたいですね」

気の毒そうに言われてしまった。そのとおり。改めて言われるまでもない。

しかたがない。第二ヒヨコ荘へ戻るとしよう。

お守りのついた鍵を持ってきてしまっていたのだ。このままでは藤枝が部屋に入ることができずにこまることになる。

真弓子はボストンバッグを持ち直し、表へでた。

「ウォンウォンウォン」

待たせていたベンジャミンがひとに頭を撫でられ、とても嫌そうな顔をしている。真弓子の姿に気づくと、彼は犬らしく「ワンッ」と吠えた。

撫でていたひとがふりむいた。

大河原くんだった。

「よぉ」

「あ、うん。おはよう」

ほかに言葉がでてこなかった。

「米村もなに？　藤枝の見舞い？」

ということは大河原くんもか。

「うん、でも、もう彼女いないんだ」

「いない？　どうして？　逃げだしちゃったのか」

「ちがうよ。十五分前に退院しちゃったって」

「マジで？　なんだ、とんだ無駄足踏んじゃったなぁ」

蔦岡はどうしたの、と言いかけ、真弓子は口を閉ざした。あんな女、どこにいようと関係ないではないか。いまここに大河原くんがいることが大切なんだ。

真弓子は改めて大河原くんの顔を見た。

あれ？　なんだ？　顎の下にカビみたいなヒゲを生《は》やしている。不精《ぶしょう》？　オシャレ？

どっちにしても大河原くんの顔には不似合いだった。

「米村もそういう格好、するんだ」

そういう格好とは、若草色のワンピースだった。東京にいくならば、と地元のデパートで新しく購入した。もちろんバイト代でだ。

「大河原くんはあんまり変わんないね」

変なヒゲが生えてるだけ。

「そりゃないだろ。このシャツ、原宿で買ったんだぜ」

蔦岡と？　なんて言うもんか。

「それにしても米村。昨日のおまえ、凄《すご》かったな」

「凄いだなんて」

「おれ、昨日の芝居、正直、よくわかんなかったけど、おまえがでてきたとこだけ、なんか感動したよ。びっくりした。なんつうか、圧倒されちゃった。あいかわらず声いいし」

「あ、ありがと」

ほめられても真弓子は素直によろこべなかった。金粉塗れの姿を見られたのが恥ずかしくてならない。できれば話をそらしたい。

「大河原くんも見舞いにきたの？」

「うん、まあ。劇団のひとにここのことを聞いて」

「そういえば藤枝が言ってたけど、あの劇団に大河原くんとおなじ大学でおなじ学部のひとがいるんだよね」

大河原くんの顔が強張《こわば》るのが、真弓子はわかった。

「あそこにいたことはいたけど、ずいぶん前に辞《や》めちゃってる。藤枝、そいつのこと、なんて言ってた？」

「なんてって、べつになにも」

「そうなんだ。じゃ、いい加減、吹っ切れたんだな」

「なにそれ？　どういうこと？」

「そいつ、藤枝のカレシだったんだよ」

藤枝にカレシ？

「いや、正確に言うとカレシだと思ってたのは藤枝だけでさ。そいつはなんとも」

その言葉に真弓子はどきりとする。

「そいつに藤枝のこと、紹介したの、おれなんだよね」

「え？」

「今年の三月くらいかな。新宿でクラスの呑み会があって、そのあと新宿駅で偶然、藤枝に会ってさ。なにやってるって話になって、あいつ、芝居をやりたいんだけど、なかなか自分のセンスを認めてくれる劇団がないって言うからさ」

大河原くんは大学の知り合いで芝居をやっている男が、旗揚げ公演で女優をさがしている話を思いだした。そしてその彼を藤枝に紹介したらしい。

「でもまあ、まさか、藤枝がああいうジャニーズ系の男がタイプだとは思ってもなかったよ。すっかり熱あげちゃって、その男の話だと、藤枝は一時期、ストーカー状態だったらしい。そのあともめにもめて、結局、彼のほうが劇団から身をひいたってわけ。おい、米村」

「え、なに？」

「だいじょうぶか。顔色悪くなってきたぞ」

「そ、そんなことないよ。あ、でも、寝不足のせいかも」

「寝不足？　そういえばおまえ、昨日、藤枝んとこ、泊まったんだよな」

「うん。線路のすぐ脇で」

電車のとおる音で目覚めた。朝早いのはベンジャミンの散歩で慣れている。今朝も六時にアパート周辺をベンジャミンと散策した。ほとんどひとの気配のない町もまた、真弓子の想像する東京ではなかった。

「小田急線のだろ。ジャニーズ系のヤツから聞いたことあるよ。あいつも夜遅くまで部屋が縦揺れして、具合悪くなったって言ってたっけ」

という話をするのであれば、その男は藤枝の部屋に入ったことがあるのか。

「どっちが悪いってことでもないことだけどね。藤枝が栄養失調で倒れたっていうのは、それが原因の気がしてさ。もとをただせば、おれに責任があるようにも思うし、だからこうして見舞いにきたんだ。でも肝心《かんじん》の本人がいなきゃ話になんないよな」

ベンジャミンが真弓子の足にまとわりついてくる。邪魔だよ、あんた、と思ってしまう。

「その犬、やっぱ、米村の犬だったんだな。なんかおれのこと、全然、おぼえてないみたい」

「ずいぶん前だもん。それにもうおじいちゃんだし」

「実家からいっしょにきたわけ？　電車じゃないよね」

「車」

「すげえな、米村。車で東京まできたのか」

「ちがうよ。ひとに送ってきてもらったの」

「まさかカレシの車とかで？」

大河原くんは笑っている。からかっているのだ、と真弓子は気づいた。華やいだ気持ちになり、口元が自然とほころぶ。

高校んときといっしょだ。いつもこんなふうにおしゃべりしていた。好きだっていう気持ちを抑えながら、いっつもどうでもいい会話をしていた。それでよかった。それだけでうれしくてたまらなかった。毎日が輝いていた。この幸せがずっとつづくことを願っていた。そんなこと、あり得ないとわかっていてもだ。

「ちがうよ、岸さんの車」

「だれだよ、岸さんって」

「百田楼の娘で、シンクロの選手だったひと」

「岸いずみの？　そういや、昔、おまえのラジオにゲストででてたもんな」

「うん。でも知り合いになったのはごく最近」

そこで真弓子は言葉を切った。

タタタタタタタ、タタタタ、タタタァ、タタタァタタァタタァ。

カステラ一番、電話は二番の曲が頭の中で流れてくる。

もし海の家でバイトをしている話をすれば、きっと自分は蔦岡がべつの男といたこともバラしてしまうことだろう。それは避けたい。そんなことをするために、あたしは東京にきたのではない。

「なあ、米村。おまえ、これからどうするの?」

「十一時にサンチャの駅で岸さんと待ちあわせをしてて。あ、でも、あの、藤枝のアパートの鍵を持ってきちゃったんで、一度、そっちへ戻って」

言い訳をしているように、真弓子は早口で言った。なぜだか大河原くんはきょとんとしている。

「あ、ああ。そうなんだ。じゃ、おれも藤枝んとこ、お供するよ。十一時だと急がなくちゃ。この道、あっち方向でいいんだよな」

と言いながら、大河原くんはすでにその方向に歩きだしていた。そのあとを真弓子は追いかける。

「ウォンウォン」

真弓子さぁん。ぼくのこと、置いてけぼりはないでしょぉ。

いけない、忘れてた。ごめん。

ふたりは昔話で花を咲かせた。といってもしゃべるのは主に大河原くんのほうだった。

「そういえば激怒部長と会ったよ」

激怒部長のあだ名はふたりのあいだだけで通じるネーミングだった。

「東京でってこと？」

「うん」大河原くんは激怒部長が通うミッション系の大学の名を挙げた。「そこと合コンするからって、友達に誘われてさ。いってみたら、激怒部長がいてビビったよ。でもおれのこと、気づいても素知らぬ顔してんの。なんかひとが変わったみたいにおとなしくて、言葉遣いも妙に丁寧でね。そしたら、おれがトイレに立ったときに追っかけてきて、高校んときのことをみんなの前で話したらただじゃおかないからねって凄むんだ。ただじゃおかないってなにするつもりかわかんないけど、思わず、ハイ、ワカリマシタって返事しちゃったよ」

大河原くんはおかしそうに笑う。真弓子もだ。ベンジャミンはとぼとぼあとをついてくるだけである。

「大河原くんも合コンいくんだ」

「え？　いや、あれだぜ、好きでいったんじゃないから。誘われてしかたなくいっただけだって」

動揺することもないのに。

真弓子は苦笑する。

変なヒゲ生やしてるけど、昔のまんまだ、このひと。

それに短時間ではあるが、話をしているうちに真弓子はわかったことがあった。けっして自分は大河原くんをベースにした理想のカレシ像をつくりあげたわけではなかった。いま、目の前にいる大河原くんは寸分《すんぶん》たがわず真弓子が好きな大河原くんだった。

十字路にでて、どっちへいけばいいかわからなかったので、真弓子は大泉純が書いてくれた地図をだした。

「あのな、米村。おれさ」

「ん?」地図を見ながら、真弓子は歩きだした。

「さっきおまえに、これからどうするのって訊いたろ」

「うん。それが?」

「あれさ。もっと将来のことを訊いたんだよ。ま、唐突だったから勘違いして当然だよな」

「将来って」

真弓子は立ち止まり、地図から顔をあげた。大河原くんも足をとめ、真弓子を見ている。

「大学。予備校、通ってないんだろ。あきらめちまったのか?」

「あきらめてはないけど」

「けどなんだよ」

大河原くんの声は優しく耳に響く。真弓子は彼から視線を外した。

あきらめたのか。いや、あきらめてはいない。でもあきらめてしまいたいと思っている。それは大学に限ったことだけではなかった。

「余計なお世話だったな」

「あ、ううん。心配してくれてありがとう」

「礼には及ばぬ」

大河原くんが笑った。笑うという行為自体を恥ずかしがっているような笑い方。

「なんか苦みたいだな。おまえとこうして話せてうれしいよ。とっても楽しい。なあ、ほんともう今日、帰っちゃうのか。なんだったら、藤枝に鍵、渡したあと、ふたりでどっかいかね?」

「だけど蔦岡は」

「あいつ、今日、ママと買い物いってんだ。夜、また会う予定だけど、それまでだったら時間あるからさ。藤枝のヤツも元気だったら誘ってやってもいいし。どう、東京でどっかいきたいとこある?」

痛いよ。痛い。胸が痛くてたまらない。

あのときとおんなじだ。

大河原くんが蔦岡のことを、下の名前で言うのをはじめて耳にしたときと。

「大河原くん、あたし」

「ん?」

あたしはあなたが好き。高一の夏合宿からずっとお慕い申しておりました。でも、いまここでこの胸の内をうちあけようとも、あなたは真面目《まじめ》にとりあわないでしょう。なに、おまえ、そんな冗談言うために東京きたのかよ、と笑うにちがいない。あたしも、なんだ、ばれちゃった、と笑い返してしまうことだろう。

「どうした、米村? また顔色悪くなってるぞ」

あたしはあなたが好き。だけどあたしの好きという思いが募れば募るほど、そしてまた親しくなればなるほど、あなたの心はあたしから遠ざかっていった。

あたしは長いあいだ、ゆっくりと時間をかけて失恋をしていた。ワインじゃあるまいし、失恋を熟成させてどうしようというんだ。もうたくさんだ。

これ以上、いっしょにいることはできない。無理だ。

「おまえ、ほんと調子悪そうだぞ。ちょっとさきに公園あるからさ、そこで休むか?」

「ウォン、ウォンウォンウォンウォン」

突然だった。ベンジャミンが大河原くんにむかって吠えだした。これほど怒った彼を真弓子はいままで見たことがなかった。

「よしなよ、ベンジャミン。ベンジャミンったら」

「ウォン、ウォンウォンウォンウォン」

「ちがうって、ベンジャミン。落ち着いて。伏せっ。伏せだったら。わかんないのっ」

「おい、どうしちゃったんだよ、いきなり」

「ごめん、大河原くん」

真弓子は飼い犬の紐をひっぱりながら、ワンピースのポケットから鍵をだす。

「これ、藤枝のアパートの。あたしとベンジャミンはここで」

「ここでって、おい、米村。おれ、あいつのアパートがどこにあるか」

そうだった。鍵といっしょにファクシミリの地図も大河原くんにさしだした。

「早く受け取って」

ベンジャミンは吠えつづけている。このままでは大河原くんに噛《か》みつくのでは、というほどの勢いだ。

大河原くんは手をさしのばし、鍵と地図を受け取った。

「とにかく走ってどっかいって」

「あ、うん。じゃ」

「さよなら」

「またな」

「ウォンウォン、ウォンウォンウォンウォンウォン」


大河原くんの言うとおりだった。

ちょっとさきに公園があった。小さな公園でだれもいなかった。

真弓子はペンキがはがれ朽《く》ちかけたベンチに腰をおろした。ベンジャミンは足元で伏せている。

涙が頬をつたっているのがわかった。でも真弓子は拭わずにいた。

いいじゃん、泣いたって。長い長い失恋をおえたばかりなのだ。

どこかからクラクションの音がする。つづいて「ヨネちゃぁぁんっ」と声が聞こえてきた。

真弓子のことをヨネちゃんと呼ぶひとはひとりしかいない。でもどうしてそのひとが東京にいるんだ？

公園の前に昨日、自分が乗ってきた車があった。岸さんの、正確には岸さんのお姉さんのだ。車窓から顔をだしているのは、まちがいなく小川だった。

白衣着てるよ、あのひと。

真弓子は涙を拭ってから、車に近づいていった。

もちろん、ベンジャミンもいっしょだ。

「ひさしぶり。いつか市電であったよね」

「去年の五月です」

「そっかぁ。えぇと」目が泳いでいる。「元気だった？」

「ええ、まあ。小川さんは」

「ぼくは元気だったよ」

それは見ればわかる。

助手席に岸がいた。

すうすう寝息をたてて眠っている。真弓子は『眠れる森の美女』を思いだした。

「なんで東京に？」

「夜行バス」

いや、だからさ。

「どうして岸さんの車を運転しているんですか」

「昨日の晩、いずみちゃんから電話があってね。今日、これからお酒を呑む。べろべろでへべれけになるほど呑む。明日はぜったい二日酔いになる。車の運転はできるはずがない。自分ひとりならばどうにでもなるが、米村さんとベンジャミンを乗せねばならない。

だからいますぐ東京にきてくれって言われて」

「それで夜行バスで」

「馳《は》せ参じたってわけ」

小川はにこにこ笑っている。だけどなんだかとってもかっこよく見えた。このひとのキスでお姫様は目を覚ますのだろう。

「これから三軒茶屋の駅へいこうと思ってたところを、きみらしきひとが公園にいて」泣いていた、と言おうとしたのか。ふたたび目が泳ぎだした。「で、あの、呼びかけたら、やっぱりきみだったんだ。ささ、乗って乗って」

真弓子とベンジャミンは遠慮なく、後部座席に乗った。

「どうだった、東京?」車が動きだしてからすぐ、小川が訊ねてきた。「楽しかった?」

「ええ、まあ」

「そう、それはよかった」

ただひとつ、悔やまれることがあった。

藤枝の笑顔を見ることができなかったことだ。

さようなら、東京。

さようなら、大河原くん。

⑧

おや。

潮の香りだ。波の音も聞こえるぞ。

おかしいなぁ。真弓子さんの部屋にいるはずなんだけどなぁ。夢かなぁ。海の夢は何度も見ているからなぁ。でもこんなにはっきりとしているのははじめてだ。

それにしても寝心地《ねごこち》がいつもとちがうのはどうしてだろう。からだは毛布にくるまれているし。

真弓子さんがぼくを呼んでいるぞ。どこだろ。

ああ、なんだ。びっくりした。頭の真上に真弓子さんの顔がある。

もしかしてぼく、真弓子さんに膝枕《ひざまくら》してもらっちゃってますか。へへ。こりゃどうも。恐縮です。布団《ふとん》にしちゃあ、ずいぶんと柔らかいと思ったんですよぉ。とってもいい気持ちです。うれしいなぁ。ほんとうれしいです。しっぽをふりたいところなんですけどね。どうにもこのところ、思うように動いてくれないんですよ。しっぽばかりか、からだぜんたいがそうなんですけどもね。

なんですか、真弓子さん？

「海、見たかったでしょ。ベンジャミン」

ああ、はい。

「あなたが眠っているあいだに、父さんに車で運んでもらったのよ」

そうだったんですか？　ほんのちょっとの距離なのに、申し訳ないことしちゃいましたね。ぼくが足腰弱くなっちゃったばっかりに、余計なお手間とらせちゃって。ほんと、すいません。

ということはこれ、夢じゃないんですね。夢だったら昔みたいに、ひょこひょこ歩いてこられるはずですもん。

ひさしぶりだなぁ、夢じゃない海。ほんとの海。どれくらいぶりなんだろ。

以前は毎日欠かさず、ここにきてたのになぁ。真弓子さんが小学五年のときからでしょう。十年は通いつづけていたんですねぇ、この海に。

いい天気だなぁ。お天道様《てんとさま》がけっこう高いところにあって、ぽかぽかだぁ。吹く風はまだ冷たいですけどね。

いま、季節はいつなんですか？　ここんとこ、ずっと真弓子さんの部屋にいたせいで、よくわかんなくなっちゃいましたよ。

雪が積もっていた時分はまだ散歩、いけてましたよねぇ。近所のヨーチエンに真弓子さんがクリスマスの飾りつけを手伝いにいったときは、ぼく、ついていきましたもんね。真弓子さん、子供達みんなとほんと楽しそうだったなぁ。ぼく、隅っこで寝転んで、その様子を見ているだけで、とってもハッピーで愉快な気持ちになりましたよ。トーキョーから藤枝さんもいらしてましたね。あのひともおもしろいひとだよなぁ。だけどサンタの格好して、悪い子いねがぁぁ、って子供達を脅《おど》しちゃあ駄目ですよね。さすがに園長先生に叱《しか》られていたし。

あのあとちょっとしてから、ぼくが歩けなくなっちゃったんだよなぁ。それで藤枝さんとの初詣《はつもうで》を断ったんですもんね。そしたら彼女がうちにきて、父さんと母さんにお年玉ねだってせしめていって。

でもほんと、よかったですよ、真弓子さんがダイガクに受かって。これでまた落ちていたら、確実にぼくのせいでしたからね。だってそうでしょ。ジュケンまでの一ヶ月間、ぼくの看護しながら勉強していたわけですから。それもぼくを自分のベッドに寝かせてですもんね。ゴーカクしたって話、聞いたときには、ほっとしましたよ。

あれ？　どうしました、真弓子さん。鼻、啜《すす》ってますね。風邪《かぜ》ですか。いけませんねぇ。もうすぐダイガクに通うんでしょう。からだを万全にしておかないといけませんよ。ダイガクへはうちから通うってことは、そんな遠いところじゃないんでしょ。コーコーより遠そうですけど、トーキョーよりは近いんですよね。

そういえばトーキョーにいったのって、どんくらい前です？　夏でしたよねぇ。どうして真弓子さん、あんなとこ、いこうと思ったんです？　海の家のオネーサンに誘われたからですか？　でもトーキョーに着いてからは別行動でしたもんね。金色になるためにトーキョーいったんですか？　トイレで金色になって、人前で大声だして、そのあとまたトイレに戻ったでしょ。あんとき、ぼくもいっしょにいたかったのに、ひとりにしてちょうだいって目で訴えていたんで、トイレでましたけど。

あれ、なにかの儀式だったんですか？　ひとはみんな、トーキョーへいくと、ああいうことしなくちゃいけないんですか。だったらぼく、犬でよかったです。

それにしてもトーキョーはヘンテコなとこでしたよ。全然知らないひとと散歩したのはドキドキでしたもの。それまでの人生で見てきたひとの数ぜんぶ足した数よりも、あの散歩のあいだに見たひとの数のほうが多かったはずですよ、ぜったい。道がぜんぶアスファルトっていうのも、いただけませんでした。潮の香りどころか土の匂いもしないところなんて、ぼくは嫌ですよ。二度といきたくありません。散歩の途中でご馳走《ちそう》になったランチはおいしかったですけどね。でもまぁそれだけのために、またトーキョーへいこうなんて気は起こりません。

それにしても藤枝さんはなんであんなところに住んでいるんでしょう。トーキョーで泊まったところろって、あのひとのうちだったんですよね。匂いでわかりました。不思議なうちだったなぁ。電車がとおるたびにガタゴト揺れて。

お正月にきたときは、やっぱり地元は落ち着くわ、って言ってましたよね、藤枝さん。だけどまたトーキョーにいるってことは、落ち着きたくないんですかね。ジタバタしていたいのかなぁ。芸術家のすることっていうのは、いまいち、よくわからないもんです。

すいません、真弓子さん。からだ、もう少し横にしますね。ありがとうございます、手ぇ貸してくださって。ずいぶんと楽になりました。

ねぇ、真弓子さん。真弓子さんはどうしてぼくを、あの狭い檻《おり》からだしてくださったんです？

ぼくはね、あなたをはじめて見たとき、こう思ったんですよ。

この女の子を幸せにしてあげたいって。

なぜでしょうね。あなたが不幸そうに見えたわけではありません。父さんや母さんだって、あなたのことを可愛《かわい》がっていましたしね。

にもかかわらずです。これがぼくの使命だ、長い歳月を狭い檻の中で暮らしていたのは、この女の子にめぐりあうためだと確信に近い思いがふつふつと湧き起こってきたんです。だから檻の中からあなたのことをじっと見つめつづけていました。

真弓子さんはあのとき、ぼくの気持ちに気づいてくださったんですか。この犬があたしを幸せにしてくれるにちがいないって、そう思ってあの檻からぼくをだしてくれたんですよね。きっとそうですよね。

そのくせぼく、檻からだしてもらったら、うれしくってはしゃいじゃったでしょう。真弓子さん家《ち》に着いてすぐ、ぼく、庭から飛びだしちゃって。みなさんが呼び止めるのもかまわず、走って走って走って、辿《たど》り着いた先がこの海だったんですよねぇ。

ほんとびっくりしました。これはいったいなんだろう？　って圧倒されちゃって、どうしていいんだかわかんなくて、宙を見上げながらその場をくるくるまわっちゃったんです。そのときちょうど、母さんがぼくを「ベンジャミン」って呼んでいたんですよねぇ。

あれから少し経《た》って、真弓子さん、ぼくの名前、ほかに候補があったって言ってましたね。ベンジャミンが悪いわけじゃないですけど、嵐だったらよかったのにってちょっと思いました。太郎はね。ちょっとね。いただけません。

え？　なんです？　寒くはありません。平気です。もう少し、海を見させてください。へへ。ほんと言えば、真弓子さんの膝枕が気持ちよくって離れがたいんです。叶《かな》うものなら、死ぬまでこうしていたいくらいでして。

海はいいなぁ。

はじめて見たときはこの大きさにびっくりしちゃったけど、いまは優しく包み込まれているようで、心が穏《おだ》やかになります。

あっ、なんか鳴ってますよ。

「もしもし」

それって携帯電話ですよねぇ？　真弓子さん、いつから持ってました？

「ミサリン？　いま、どこ？　駅？」

藤枝さんですね。だけどなんでミサリンって呼ぶようになったんです？　あのひとも真弓子さんをマユッチって呼ぶし。いや、いいんですけどね。

「うちの父さんだったら、ちょっと前にこっちでたよ。そろそろそっちに着くはず。うん。迷惑だなんて。どうせ今日、父さん、休みだったし、気にしないで。ベンジャミン？　いま、あたしと海にいる。うん、そう。あなたがベンジャミンとはじめて会ったところ」

ここにくるんですか、藤枝さん。

「うん。ベンジャミンだったらだいじょうぶ。え？　そう。父さん、着いた？　あ、うん。だったら、あの」

どうしました、真弓子さん。からだが小刻みに震えていますよ。

な、ななな、泣いているじゃないですか。そんなに大粒の涙、ぼろぼろこぼして。

「お願い。早くきて。こんな悲しいこと、とてもじゃないけど、ひとりじゃ支え切れないよ。うん、ごめん」

悲しいことってなんです?

わかった。

また大河原のことですね。ほんとふざけた野郎だ。いったいどんだけ真弓子さんを苦しめれば気がすむんだ。勘弁なりませんよ。トーキョーで会ったとき、さんざん吠《ほ》えてやったけど、あれじゃあ、足りなかったんだ。噛《か》みついてやりゃよかった。真弓子さんがぼくの紐《ひも》、引っ張るんだもんな。

だいたい真弓子さんも真弓子さんですよ。あんな生《なま》っ白《ちろ》いチンチクリンのどこがいいんです? 隠しても駄目ですよ。犬のぼくにはわかります。真弓子さん、あの男と会うと独特な匂いを発しますからね。

あいつ、べつの女とつきあってること、真弓子さんはご存じなんですよね。トーキョーでいっしょでしたよ、その女と。ぼくたちのバイト先にきたことがある女です。ぼく、あの女も大っきらいです。だってすっごい匂いがキツいんだもん。

大河原のヤツ、トーキョーから戻ってきているんですか。なんだったら、いっそのこと、ここに呼んでください。ぼくが決着をつけてやります。そりゃもう、足腰も立たないし、しっぽすら動かなくて、歯もぐらぐらで使いものになりませんけど、それでも最後の力を振り絞って。ぐへごへげへ。

「ベンジャミン、ベンジャミン」

す、すいません。ちょっと興奮しちゃいました。ぼくらしくない。へへ。情けない。背中、さすってくれているんですか。ありがとうございます。

もう泣いてませんね、真弓子さん。

ああ、よかった。

ねぇ、真弓子さん。

ぼくね、人間だったらよかったのになぁって、最近、とみに思うんです。人間の言葉をつかって、あなたにぼくの気持ちを伝えることができたらって。

ああ、どうしてぼくは犬に生まれてきてしまったんだろう。

いまこのときになって、悔やんでも悔やみきれません。


「ベンジャミン、ねぇ、ベンジャミン」


あなたの声をずっと聞いていたいのに、どんどん遠ざかっていきます。

あなたの顔をずっと見ていたいのに、瞼《まぶた》が重くてなりません。

あなたの匂いをずっと嗅《か》いでいたいのに、鼻が利《き》かなくなってきました。

伝えたい。伝えたかった。

ぼくの気持ち。

真弓子さん。

ぼくはあなたが好きです。

大好きです。

敗者復活戦

「先週、金曜日の朝には、コピー機のトナーがないってことは、わかっていたのよね」

ドリンク付きのランチプレートを頼んでから、蔦岡《つたおか》るいは本題に入った。怒りが露《あらわ》にならぬように笑顔をつくり、なるべく優しく言った。だが、あまりうまくできていないのが自分でもわかった。頬《ほお》は引きつって、口ぶりは嫌味ったらしくなっている。

こりゃ、お局《つぼね》様扱いされるわ。だけどしょうがないじゃん。こんなのばっか相手にしてたら、自然とこうなっちゃうって。

「ええ、それは」

小さなテーブルをあいだに真向かいに座る、同じ制服を着た女性がこくりとうなずく。埴輪《はにわ》女。蔦岡は心密《ひそ》かにそうあだ名をつけている入社二年目の女子社員だ。

ふたりがいまいるのは、オフィス街には似つかわしくないこじゃれたカフェである。なにしろハーブとアロマの小売りをしているくらいだ。飾ってある小物もなにげに可愛《かわい》い。蔦岡のお気に入りの店で、週に二、三度は通っていた。ランチに限らず、会社の帰りに立ち寄りもする。

できればひとに知られたくなかったんだけどなぁ。

時刻は十二時二十分過ぎになっていた。正午のチャイムと同時にオフィスをでて、店を何軒かまわったのだが、どこも満席で止《や》むなくここにきてしまったのだ。

「だったら、どうしてその午後に発注しておかなかったの？」

「どうしてって言われましても」

埴輪女はからだをもじもじとさせ、潤《うる》んだ目で蔦岡を上目遣《うわめづか》いに見つめてくる。

わざとでしょ。わかっているのよ。あたしも昔、そういうの得意だったからね。男にはそれなりに効果があるかもしれない。埴輪みたいな顔したあなたでも、可愛くみえなくないもの。だけどお生憎様《あいにくさま》。三十路《みそじ》女のあたしには無駄だからさ。よしてくんないかな。

改めて埴輪女を見る。AKB48のだれだかに似ていると社内ではもっぱらの評判である。本人の耳にもその噂《うわさ》は入っており、満更《まんざら》でもないらしい。テレビをあまり見ない蔦岡はいまいちピンとこなかった。

もしほんとにそっくりなら、AKB48もたいしたことないね。

最近はだれだかとおなじ髪型にするばかりか、しゃべり方まで真似《まね》をしているのよ、とよその課の女子社員から聞いている。

埴輪女は細面《ほそおもて》で、まん丸な目をしていた。それはいいのだが、しょっちゅう、口をぽっかりと開けてもいた。

あたしには埴輪にしか見えないよ。

肌色がひとより濃いめなところが、よりいっそう埴輪っぽい。酒席でその話を同期の男性社員にしたことがある。同意を得られるかと思いきや、引かれたうえにこうまで言われた。

若い女の子の悪口言いだしたら、オバサンだぜ。

若い女の子に甘くなったら、オジサンだっつうの。

すかさず言い返してから、蔦岡は反省した。いよいよもってオバサンっぽいと思ったからだ。

ふたりはおなじ営業部で蔦岡は第一課、埴輪女は第三課である。ただしどちらも営業の仕事はしていない。電話の受付、お茶汲《く》み、コピー取り、伝票整理、備品管理など事務一般を任されている。はっきり言えば雑用係にすぎない。だが不満はない。

なぁんてね。

嘘《うそ》。

不満だらけだ。

自分より学歴が低いばかりか、あきらかに能力がない莫迦《ばか》男が、えらそうな顔で働いているのを見て、虫酸《むしず》が走るのはしょっちゅうだった。

営業部は五課まであり、蔦岡や埴輪女と同様、事務職の女子社員が各課にひとりずつ配属されている。この五人のうち、蔦岡がいちばん年上で社歴も長く、自然とリーダー的存在になっていた。

まったくもって損な役割だよ。これで不満がなきゃ、よっぽどのお人好しか、鈍感か、莫迦だ。あたしはどれでもない。よその部署に異動したって、仕事はおんなじだし。

蔦岡は常日頃、やめたいと思っている。いま、このときもだ。でもやめてその先どうしたらいいか、さっぱりわからない。

アッチに帰るってわけにもいかないしな。

アッチとは高校三年間を暮らした町である。十五歳の春、父の転勤のために東京からあの町へ引っ越すことになった。蔦岡は嫌で嫌でたまらなかった。東京の友達と離ればなれになるのが嫌だったのはたしかだ。しかしそれよりも東京が好きだったのだ。渋谷《しぶや》が、青山《あおやま》が、原宿《はらじゅく》が、中目黒《なかめぐろ》が好きだった。

単身赴任という話もあった。だが母が頑《かたく》なに反対した。なぜそこまで、と当時は思ったものである。蔦岡が社会人になってから母にその理由を訊《たず》ねたところ、若い時分の父がたいへんな浮気性だった話を聞かされた。結婚後もあれこれあったらしい。娘が生まれてからは止んだものの、単身赴任などしようものなら再発するにちがいない、と母は思ったそうだ。

東京とアッチ、いずれの住まいも会社のモノだった。一昨年、父は定年退職してからアッチに一軒家を購入し、夫婦なかよく暮らしている。その家の近くに墓まで買った。両親がいるとはいえ、アッチが故郷とは言い難い。なにせ高校の三年間しかいなかったのだ。上京してすぐ、中学まで暮らしていた世田谷《せたがや》へ足を運んでみた。住んでいたマンションにも出向いた。懐《なつ》かしかったものの、さしたる感慨はなかった。いまはおなじ東京でも世田谷から遠いところに暮らしている。二十三区ですらなかった。

自分にはもう帰る場所はない。ここでがんばって生きていくしかないのだ。

「うっかり忘れちゃったんです」埴輪女はぺこりと頭を下げた。「すいません」

本心からではないのがはっきりとわかる、薄っぺらな詫《わ》び方だ。呆《あき》れるよりも先に笑いだしそうになり、蔦岡は下唇を噛《か》んで堪《こら》えた。

ほんの一時間前、営業部長に呼びだされ、小言《こごと》をくらった。埴輪女がつまらぬポカをしたのが原因だ。

営業部には専用のコピー機が一台ある。この管理を埴輪女に任せてあった。とは言っても、そうご大層なことはなにもない。毎週金曜の朝にトナーと用紙があるかどうかチェックをし、もし足りないようだったら電話かメールで発注するだけだ。早ければその日のうちに、遅くとも月曜の午前中までに不足分の商品は届く。

ところがだ。今朝、コピー機がトナー切れになり、交換しようとしたところ、在庫が一本もなかった。しかもコピー機を扱っていたのが事務職の女子社員ではなく、営業一課の中堅社員だったのがまずかった。しかも彼は五分後には会社をでて取引先へいかねばならず、そのための資料をコピーしている最中だった。

いったいどうなってるんだっ。

中堅社員の悲鳴に近い声がフロア中に響き渡った。埴輪女は自分の席でパソコンをいじくっていただけで、素知らぬ顔をしていた。やむなく蔦岡が中堅社員の元に駆け寄って資料を預かった。ほんとのところは奪うように取ったのだが、まあいい。それから一階上の総務部にでむき、そこでコピーをしてきた。資料はさほどの量ではなく、五分後には中堅社員は会社を飛びだしていき、事なきを得た。

この一部始終を営業部長に目撃されていたのである。そりゃまあ、小言のひとつも言いたくなる気持ちがわからないでもない。

だけどだったら、埴輪女に直接言ってほしいよ。なんであたしをあいだに挟む？　トナーの在庫は五本と決めてある。そのぜんぶがなくなるというのはよほど長い期間だ。

金曜のチェックを先週どころか、しばらくやってなかったな。ぜったいそう。いまここで、はっきり指摘しておこうかしら。

埴輪女は店内を見回している。ぽっかり口を開いたままだ。あどけない少女だったら愛らしいだろうが、二十歳《はたち》を越えた埴輪女では、ただの莫迦にしか見えなかった。彼女の目はもう潤んでいない。やはりさきほどのは、わざとだったのだ。

トナーの件を指摘しても認めないだろうな。いや、ばれちゃいました？　と開き直るかも。どっちにしたって、深く反省し、今後は心を入れ替え、真面目《まじめ》に業務に励んだりはしないに決まっている。そしてこれから先も、おなじような失敗を繰《く》り返すのだ。そのたびにあたしが部長に小言をくらう。

マジでやってらんないよ。

「素敵なお店ですね、ここ」

埴輪女がため息まじりに言う。これは本心からのようだった。

「そう？」

蔦岡はうれしかった。なんだか自分が褒《ほ》められている気がしたからだ。

「こぢんまりして、雰囲気いいですし。心が和《なご》みますよねぇ」

きみはそれ以上和んだら、溶けてなくなるわよ。むしろその逆に緊張感を持って、仕事してくれたまえ。

「この店、よくこられるんですか？」

「ときどき」

「ひとりで？」

蔦岡は答えに詰まる。

「そんなわけないですよね」埴輪女は首をすくめた。「すいません、プライベートなこと訊《き》いちゃって」

「いいのよ、べつに」

会社以外の場所では、たいがいひとりだ。いい加減、ひとりにも飽《あ》きてきた。このままだと、ひとりに慣れてしまいそうだ。いくらなんでもそれはまずい。ひとりが気楽になったら、女もおしまいである。

「ここって夜もやってます?」

「ランチが二時までで、ディナーが五時半から十時までやってるみたい」

会社帰りにこの店を訪れるときも、ひとりだ。軽く一杯呑《の》みつつ食事をして本を読む。そして八時半には切り上げるようにしていた。

「夜、くるとしたら、予約したほうがいいですかね?」

「ひとりでくるの?」

「まっさかぁ」埴輪女はケラケラと声をあげて笑った。「ちがいますよぉ。なにが哀しくて、ひとりでディナーを食べなきゃいけないんですかぁ」

悪かったわね。

ムッとしたものの、それに気づかれないよう、無理矢理笑ってみせる。

ひとりだって哀しくはないわ。寂《さび》しいだけだよ。

「ひとりじゃなければ、カレシとでもくるつもり?」

「やっだぁ、あたし、いま、カレシいないんですよ」

それを聞いて、蔦岡は安心した。そして埴輪女に親近感が湧《わ》いてくる。あたしもいないのよ、と握手を求めたいくらいだ。

蔦岡はここ二年近く、カレシがいない。はじめてカレシができたのは中学一年の夏だった。以来、一ダースの男とつきあってきたが、これほど長いあいだ、お一人様なのははじめてである。

「お待たせしましたぁ」

店の女性がランチプレートを二皿、運んできた。四十歳前後のきれいなひとである。この店のオーナーであり、店長だ。彼女の他にはバイトの女子大生がひとりしかいない。

「わぁ、おいしそう」

埴輪女が声をあげる。グルメ番組のレポーター並みの白々《しらじら》しさだ。店の女性が苦笑している。他の客もにやつきながら自分達を見ているのに気づき、蔦岡は恥ずかしくてたまらなかった。

「あたし、こう見えても和食好きなんですよ」

こう見えてって言われてもさ。あたしにはきみが埴輪にしか見えていないからね。埴輪が和食好きなのは当たり前にしか思えないよ。

「だったらだれとくるつもり？」

蔦岡は訊ねた。とくに知りたかったわけではない。話が途切れないよう、埴輪女に気を遣《つか》っただけである。ところがだ。

「あっ、ちょっとすいません」

そう言うなり、埴輪女は脇にあったスマートフォンを手に取ると、目の前のランチプレートにむけた。ぱしゃり。カメラ機能を使って撮影したのだ。

こうしたひとをよく見かけるし、知り合いにも何人かいる。だから会社の後輩がやっても驚きはしない。だが蔦岡は不愉快でならなかった。

「あのさ」

「もう少し待ってもらえます？」

声をかけても埴輪女は顔をあげないまま、スマートフォンをいじくっている。

「なにやってるの？」

蔦岡は我慢しきれずに訊ねた。険のある物言いになっているのが自分でもわかる。埴輪女の肩越しに、店長が見えた。カウンターのむこうの厨房《ちゆうぼう》から、こちらを窺《うかが》っている。

そんな子相手に、あなたも大変ね。

店長の顔はそう言っているようだった。

「撮《と》った画像、ツイッターにアップしているんですよ」

「それって、いまやらなくちゃいけないのかしら？」

わざとお局様然とした口ぶりで言ってみる。しかし埴輪女は少しも動じない。それどころか、「そうなんですよぉ」と甘えるように答えた。

「あたし、ツイッターって一回しそびれると、やらなくなっちゃうものじゃないですかぁ」

思わず『なんか』を強調してしまう。そこには悪意と皮肉が混ざっていた。しかし埴輪女は少しも気づかなかったようだ。

あるいは気づかないふりをしただけかも。どうだろ。

「ツイッターに限らず、日記とかブログとか、そういうんです」

どれもしたことがない。蔦岡は返事をせずに、箸《はし》で十穀米《じっこくまい》のご飯を掬《すく》い、口の中に入れる。しばらくスマートフォンをいじってから、埴輪女はようやく箸を手にとった。

え？　ええ？

蔦岡は我が目を疑った。埴輪女は食事の最中でも、上下の唇が滅多に触れあわなかったのである。

どうすればそんな器用な真似ができるんだ？

「今週末、合コンなんです」

なにをいきなり？　と思う半面、誘われるのかと期待している自分に気づいた。

「話の流れで、あたしが幹事することになって。ここ、いいなぁ。お酒もあるんですよね」

「うん、まあ」

やっぱり連れてこなきゃよかった。しばらくこの店はこられないな。

蔦岡は激しく後悔した。だがもう遅い。しかしよりによって合コンにつかうとは。聖域を穢《けが》された気持ちに陥《おちい》った。

「でも、あれですよね」

埴輪女はトナーがないと大騒ぎした中堅社員の名をだした。

「出掛けるギリギリになって、クライアントに提出する資料をコピーするなんて、どうかしていると思いませんか？」

たしかに一理ある。まちがってはない。

でもそれ、きみが言うこっちゃないから。

「だいたい、トナー切れのランプが点滅しているコピー機、使うなって言うんですよ。信じらんない」

信じらんないのはきみだよ。

「しかも資料のコピー、蔦岡さんにいかせて、どういうつもりなんでしょうね」

「あたしがコピーにいってくるって、言ったのよ」

「だとしてもですよ。あのひとがいくべきだったんじゃありません?」

ちがう。もとを正せばきみの責任だ。きみがさぼっていたから起きたことでしょ。あのとき、よその部署にコピーにいくべきだったのは、きみだよ、きみ。

「はっきり言っていいですか」

埴輪女はぐいと身を乗りだすと、箸の先を蔦岡にむけた。礼儀はなっていないし、失礼このうえない。しかも訊ねておきながら、蔦岡の返事を待たずにこうつづけた。

「蔦岡さん、男性社員を甘やかし過ぎですよ。いくらがんばって仕事したところで、所詮《しょせん》は男のパシリでしょう? そういうのって、あたし、よくないと思うな。そんなんじゃ、ウチの会社、いつまで経《た》っても、女性の地位があがらない気がするんですけど。蔦岡さん自身、そのへん、どうお考えですか」

きみはテレビのレポーターかね。

蔦岡は怒る前に呆れていた。パシリもなにも事務職とはそういうものなのだ。会社が円滑に動くように雑用をこなしていく、言ってみれば潤滑油のような存在である。自分でなくては務まらないとも言う気はない。でもそれでお金を貰《もら》っている限り、精進《しょうじん》するのが当然ではないか。なぜそれが、この女はわからないのだろう。

カチカチカチ。埴輪女は箸の先をぶつけて音を鳴らしていた。

わからないんだよな、きっと。あたしも入社したての頃はそうだったもの。ここまで莫迦っぽくはなかったけど。

「その意見、肝《きも》に銘じておくわ」

埴輪女は箸を鳴らすのをやめた。肩すかしを食らった表情になっている。目を見開き、口をぽかんと開けたその顔たるや、埴輪そのものだ。写メに撮り、同期の男達に見せてやりたい。

「でもね。問題が起きたら、なるべく早く解決したいじゃない？　だからあたし、今日みたいに、からだが勝手に動いちゃうの。反射神経ってヤツよ。こればかりはどうしようもないから勘弁してね」

そう言いながら、蔦岡はプレートの上にある豆腐ハンバーグを箸で割った。

食事をおえ、レジ前でお金を払っているあいだに、埴輪女は金曜の夜に十名で予約をとろうとした。ところが店長にあっさり断られてしまったのである。

「どうしてですぅ？」

埴輪女がからだをもじもじとさせ、潤んだ目で店長を上目遣いに見た。

だからさ。そういうの、女には効《き》かないから。

蔦岡は言って聞かせてやりたい気持ちになった。

「うちの店はきてくださる方達に、落ち着いて静かにお食事の時間を楽しんでいただきたいんです。個室でもあればいいんですがねぇ。この狭さですし、十名ともなるとちょっと」

「わかりましたぁ。じゃあ、あきらめまぁす」

口ではそう言いながら、埴輪女は納得いかないらしく、眉間《みけん》に皺《しわ》が寄っていた。なんだか埴輪だけに、ひび割れているように見える。

「ごめんなさいね」埴輪女に詫びてから、店長は蔦岡のほうに目をむけた。「またのご来店、お待ちしています」

「あ、はい」

かくして聖域は守られた、というべきところだろう。店長が微笑《ほほえ》んでいる。その笑顔に蔦岡は胸を震わせた。似た笑顔をするひとを思いだしたのだ。

元気かな、マユさん。

米村《よねむら》先輩、あるいはマユさんこと米村真弓子《まゆこ》は、おなじ高校の放送部で、蔦岡が一年生のときに三年生だった先輩である。マユさんは高校を卒業後、一浪しており、そのときにいっしょの予備校だった。蔦岡はそこで月火木の夜と日曜の午前の授業を受けていた。他の日は顔をあわす程度だったが、日曜には必ず、ランチ、いっしょに食べません？　とマユさんを誘った。

いいけど。

マユさんはいつもぶっきらぼうに返事をしながら、少しはにかんでいるように見えた。そんな彼女が蔦岡は好きだった。

あれはいつだったか、蔦岡の自転車で、ふたり乗りをしたことがあった。ただし運転はマユさんだ。蔦岡は荷台にまたがり、マユさんの腰に手をまわして、彼女の背中に胸をぺったり押しつけた。そうするとおなじ女どうしにもかかわらず、恥ずかしそうにするマユさんはとても可愛らしかった。

それに優しくもしてくれたものな。大河原《おおかわら》先輩のことも相談に乗ってくれたし。

大河原先輩とは、高校一年の夏からつきあいだしたカレシである。マユさんとおなじ学年で、やはり放送部だった。彼は東京の大学に現役で入ったため、高校の二年と三年のあいだは遠距離恋愛となった。ほとんど毎日、電話でやりとりはしていたものの、実際に会うのは月に一度あるかどうかだった。なんだか自分がドラマのヒロインになったみたいで、気分は高揚したし、高校を卒業したら大河原先輩と東京で暮らすんだと受験勉強の励みになった。

その甲斐《かい》もあって、見事、志望校に合格できた。東京ではあったが、大河原とはちがう大学だった。彼よりも偏差値が十ほど高いところでもあった。それが直接ではないにせよ、別れる理由だったように思うが、どうだろう。いまではっきりしない。まさかいまになって本人にたしかめるわけにもいかない。

遠距離だった頃のほうが、大河原への想いが深かったのはたしかだ。上京してしばらくはラブラブだった。片時も離れたくないくらいで、必ずどちらかのアパートに泊まっていた。ただし長くはつづかなかった。七月に入った頃にはもう、うんざりしていた。大河原はべつの女性にちょっかいをだしたりせずに、蔦岡一筋だった。それはそれでウットーしくてたまらなかった。ちょっかいだしても相手にされない、そんなダサイ男とつきあっているのかと思うと、落ち込みもした。

別れを切りだしたのは蔦岡からだった。その後の二ヶ月ほどゴタゴタした。大河原が未練がましくつきまとったのだ。ほとんどストーカーと化してしまった。おかげでアパートを引っ越さなければならなかった。結局、蔦岡の父親が、むこうの親と話をつけてきた。正直、いちばん思いだしたくない過去である。

昨年の冬、大河原は社内結婚したという。高校時代のお節介な友達が、わざわざケータイにメールで知らせてきたのだ。だからなによ、と自分のケータイにむかって悪態をついてしまった。

あれ? なんであたしはストーカーまがいの元カレなんか思いだしちゃってるんだ。

ちがう、ちがう。あんなヤツ、どうでもいい。

マユさんだ。マユさんを思いだそう。

高校の放送室でマユさんとふたりきりになり、長いあいだ、おしゃべりしたことがあった。そのあいだ、蔦岡は終始ドキドキと胸を高鳴らしていた。大河原といるときよりも、ずっと緊張したものだ。嫌ではなかった。心地《ここち》よい緊張だった。

退屈な日常で、毎週日曜のマユさんとのランチタイムは唯一と言っていい楽しみだった。いっしょにいるだけでうれしくてたまらなかった。

高三の夏休みには、海の家でマユさんに会った。あれはまずかった。そのとき蔦岡は大河原と遠距離恋愛中で、べつの男といっしょだったのだ。魔が差したとしか言いようがなかった。デートをするならするで、どっかよそへいけばよかったのだ。なんでわざわざ地元の海岸にいったのか、よくおぼえていない。男が誘ったからか。だとしても、十八歳の自分はなんて莫迦だったんだろうと思う。その日の夜、彼女の自宅に電話をかけてアレコレ言い訳をした。

でもきっとあたしを、なんて尻軽な女だって、軽蔑《けいべつ》しただろうな。

大失態だった。大河原にばれたとしても、上手にごまかす自信はあった。でもマユさんには嫌われたくなかった。

下北沢《しもきたざわ》の劇場で、マユさんが全身を金粉塗《まみ》れにしてでてきたのを見たこともあった。キンキラに輝くマユさん、そして「うぉうおうおうおうっ」と客席にいた犬の吠《ほ》える声。衝撃的と言えば、あれ以上衝撃的な場面はない。だけど記憶は朧《おぼろ》げである。突飛《とっぴ》すぎるせいか、あれは夢だったのではと思ってしまう。あの犬はマユさんの飼い犬だったはずだ。あんな片田舎《かたいなか》からわざわざ東京に連れてきたなんて、よく考えれば不思議だ。謎《なぞ》である。

ベンジャミン。

犬の名前だ。だれに聞いたかはさだかではない。マユさん本人だったか、それとも大河原からか。純和風の犬になんでそんな名前をつけたのだと思ったものである。だからこそいまでもおぼえているのかもしれない。

マユさんとベンジャミンはよく浜辺を歩いていた。蔦岡は何度か見かけた。しかし声をかけたことはない。一度たりともだ。

じゃれあいもしないでトボトボ歩いていただけだったが、それでもひとりと一匹は仲良さそうに見えた。お互いを信頼しているようで、邪魔をしてはいけないと思ったものである。

元気かな、ベンジャミン。

「抱っこしてみます?」

背後からの声に、蔦岡はびくりとからだを震わせてしまった。いくらなんでもビビり過ぎだ。恥ずかしくて顔を赤らめてしまう。

「すいません。驚かせちゃいました？」

ふりむくと若い男が笑っていた。二十代なかばと言ったところか。蔦岡よりも年下なのはまちがいない。面長《おもなが》で切れ長の目の、ちょっとイイ男である。会社にはいないタイプだ。紺《こん》色のポロシャツにカーキ色のチノパン、そして緑色のエプロンをかけていた。胸のところに犬のイラストが描かれている。この店のマークだ。

「い、いえ、だいじょうぶです」

埴輪女とランチをとった夜だ。会社を六時半にでて山手線《やまのて》で新宿《しんじゅく》まで、そこから中央線に乗り換え、自宅の最寄り駅に着いたのは八時近くだった。いつもならバスのところを今夜は徒歩にした。途中のペットショップに寄ろうと思ったのだ。マユさんとその飼い犬を思いだしたからに他ならない。

会社の行き帰りにバスの車内からいつも見かけてはいたが、入るのは今夜がはじめてである。こんな時間まで開いているかしらと心配になったものの、閉店は十時だった。

思った以上に店内は広く、入って右側一面、ショーケースに犬が十匹ほど並べられていた。そのうちの一匹に、蔦岡は目を奪われてしまった。ベンジャミンとおなじ、柴犬《しばいぬ》だったのだ。

「生まれてまだ二ヶ月経っていないんですよ」店員は笑みを崩さずに説明をしだした。蔦岡が見ていた柴犬についてだ。「可愛いでしょ？」

「え、ええ」

可愛い戦士カワインダー。

なんだ、これ？　脳裏《のうり》に浮かんできたフレーズだが、蔦岡自身、わけがわからなかった。いったいなんだろう。アニメか漫画のタイトルにしてはあまりに陳腐《ちんぷ》過ぎる。

「抱っこさせてもらってもいいいんですか」

「ええ、どうぞ。いまケースからだしてきますので、少しお待ちくださいね」

蔦岡がいま住んでいるマンションはペット厳禁だ。そもそもひとり暮らしでは犬など飼えない。さらに言えばショーケースに貼ってある札を見たところ、柴犬はけっこうイイ値段だった。手取り二十万円に満たないＯＬには、おいそれとだせる金額ではない。

「はい、どうぞ」

戻ってきた店員から生後二ヶ月未満の柴犬を手渡され、蔦岡は両手で抱っこする。なんという愛くるしさ。まるでぬいぐるみだ。

なに、なに？　なんかぼくに用？

柴犬は蔦岡の顔を窺いながら、そう言っているようだった。

『ぼく』じゃないや。

ショーケースの札には値段だけではなく、性別も記されていた。メスだった。蔦岡は柴犬に顔を寄せた。そうせずにはいられなかったのだ。その途端である。

ぺろり。

「わっ」蔦岡は小さな悲鳴をあげてしまった。柴犬に鼻先を舐《な》められたのだ。

「すいません」詫びながら、店員の男性は笑っていた。「その子、気に入ったひとを舐める癖《くせ》があるんですよ」

ほんとかしら。

ひとを舐める癖があるにしても、はたして気に入ったひと限定かどうかは怪《あや》しいものだ。そう思うと同時に、何事も素直に聞けなくなった自分に、蔦岡はうんざりする。これこそオバサンになった証拠ではなかろうか、と落ち込みもした。

もし昔だったら、なにも高校まで遡《さかのぼ》る必要はない、大学出たての頃でもまだ、「ヤッダァアア、気に入られちゃったんですか、あたしぃい」と黄色い声をあげていただろう。

まあ、三十路でそれやったら、キモいうえにイタいだけだもんな。

なんて考えていると、柴犬が蔦岡の右頰を舐めた。今度は驚かずに済んだ。小さな舌だと思ったくらいである。

「おい、こら」柴犬にそう言いながら、店員が両手を差しだしてきた。「ほんと、ごめんなさい」

「い、いえ。平気です」

店員に両手で抱えられ、去っていく柴犬は、しばらく蔦岡を見つめていた。

もうお別れ？　ぼく、さびしいな。またきてね。

そう訴えているように見えたがどうだろう。

ただの錯覚だ、ぜったい。

『ぼく』じゃないしね。

ペットショップをでてから、夜道を歩いていく。この時間でも二車線の道路は車の行き来が多い。トラックばかりか、自家用車も目立つ。いつもなら蔦岡が利用するバスが真横を通り過ぎていった。

柴犬に舐められた頬に、手の甲を押し当てる。そして蔦岡はマユさんの頬にキスをしたのを思いだした。あれは高校一年のときだ。登校途中のマユさんを見つけ、蔦岡は走り寄り、その腕にしがみついた。頬に唇を押しつけたのは、校門に入る間際だったように思う。すべすべと滑《なめ》らかな頬だった。できればいまの柴犬のように、ぺろりと舐めたかったほどだ。

どうしてあんな真似をしたのか。しないではいられなかったのだ。

あの日は一日、ドキドキしっぱなしだったもんな。

勢い余って、好きですぅ、愛してますぅ、と言ったこともあった。それも一度や二度ではなかった。ただしマユさんは真に受けなかった。蔦岡自身、恥ずかしくて冗談めかしに言っていたので当然と言えば当然だ。

しかしきちんと伝えたところで、その先、どうすればよかったのだろう。同性愛とはちがう。頬にキスはした。だけどマユさんとイカガワしい関係になりたかったわけではない。ふたりでおなじ時間、おなじ場所を共有したかっただけである。大河原先輩などというよりも、ずっと有意義だったはずだ。悔やんでも悔やみきれない。

あんなヤツより、マユさんのほうがずっと好きだったのに。

「あぁあぁあっあ」

蔦岡は夜道で長いため息をついた。それはほとんど呻《うめ》き声のようだった。

判で押したような日々がつづき、瞬《また》く間に金曜日となった。午前中、埴輪女を呼びつけ、トナーと用紙の確認をさせた。トナーは今週アタマに発注し、一本はコピー機の中、残り四本ある。用紙はＡ４サイズが一箱分しか残っていなかったので、五箱注文しておくよう埴輪女に命じた。

「いますぐやりなさい。いい？」

ランチの画像は撮ってすぐ、ツイッターにアップをしていたでしょ。あれくらいの早さでね。

とは言わずにおいた。そこまでお局様に徹してどうするというのだ。

昼前、課長から取引先へ書類を持っていく用事を仰《おお》せつかった。行き先は麻布《あざぶ》だ。そのまま昼食へいき、戻りは一時半頃でかまわないとも言われた。

階段を降りていく途中、「蔦岡さん」と呼びとめられた。先日、トナーがなくてブチ切れた中堅社員だ。彼も階段を降りてきて、ふたりは踊り場でむきあう形となった。

「先日はありがとう。助かったよ」

あまりに殊勝な態度に、蔦岡はどう対応していいものか、戸惑《とまど》ってしまった。

「ずっと礼を言おうと思っていたんだ。だけど今週は外回りばかりで」

「礼だなんて、あの、あたし、当然のことをしたまでで」

「いやいや。蔦岡さんの対応の早さで、遅刻をせずに済んだ。ほんとに助かったよ。なにせ相手は時間にうるさいひとでね。まあ、いちばん悪いのはギリギリまで資料をつくってて、あんなことでパニクった俺なんだが」

その通りです、と危《あや》うく言いそうになり、蔦岡は慌《あわ》てて唇を一文字《いちもんじ》に結んだ。

「よかったらどうだろ。今度、食事を奢《おご》らせてくれないか」

「はぁ?」今度は声にだして言ってしまった。中堅社員は妻子持ちなのだ。

「誤解しないでくれ。ふたりきりってわけじゃない。じつはきみと同い年の大学の後輩がいてね。IT関連の会社に勤めているんだが、女性と出逢う機会がないから、だれか紹介してほしいと前々からせっつかれててさ。どうかな? 会うだけ会ってくれれば、俺も先輩として顔が立つんだけど」

　どうしてあなたの顔を、あたしが立てなくちゃいけないんですか？　とは思ったものの、断る理由はとくにない。

「わかりました」

「よかった。早速だけど来週はどうかな。都合の悪い日はある？」

「さきに言ってくだされば いつでもかまいません」

なんの予定もない。せいぜいペットショップに寄って、柴犬の顔を見るくらいである。今週は三度もいってしまった。

「あっ、そう。ランチおわったら、戻ってくるんだよね。じゃあ、それまでに後輩に連絡とっておくよ。よろしく頼む」

　会社から麻布までは地下鉄をいくつも乗り継《つ》いでいかねばならなかった。蔦岡はいま、二度目の乗り換えをしたところだ。車内はさほど混んでおらず、席がいくつか空《あ》いていたものの、三度目の乗り換えの駅まで二駅なので立っていた。

　手に持ったままでいた単行本を広げる。大河原先輩とつきあって唯一よかったのは、読書の習慣がついたことだ。つきあいだした頃、大河原先輩にはあれ読めこれ読めとうるさく言われ、しかもどれもよくわからないＳＦばかりで、むしろ本が嫌いになりかけたくらいである。ただしそのうちの一冊、『九百人のお祖母《ばあ》さん』というのだけは、おもしろく読んだ。すでに大学生になっていたと思う。短編だったのが、よかったのかもしれない。以来、大河原先輩のお奨《すす》めよりも、自分の好みで本を選ぶようになった。

いま広げた単行本は『九百人のお祖母さん』とおなじ作者の新刊だ。昨日のランチ時に、会社近くの書店で見つけ、購入した。わかりづらい言い回しや、ピンとこない固有名詞が多い。それでもじっくり読み進めていくうちに、おもしろくなってきた。昨夜のうちに二百ページくらいまで読み進んでいる。

しかし会社をでてから地下鉄の中で読んでいたものの、いっこうに内容が頭に入ってこなかった。いまもそうだ。原因ははっきりしている。中堅社員の誘いが気になってならないのだ。

ここ二年近くカレシがいない身としては、ラッキーとよろこぶべきだろう。もうちょっとウキウキしていいはずが、モヤモヤしてならない。

これでいいのかしら、あたしの人生。

この数日、しきりに高校の頃が思いだされ、やがていまの自分に疑問を持つようになった。

あの片田舎から一時《いっとき》も早くでたかった。それを果たせはした。念願叶《かな》って東京に暮らしている。もう十年以上もだ。だからといって満足しているかと言えば、そうではない。会社で雑務に追われ、気づけば三十路で、お局様と呼ばれる立場になっていた。

今回、中堅社員の後輩とどうこうなるとは思えないが、やがてはカレシができて、結婚をして、家庭を築くかもしれない。他人から見れば幸せな人生だ。だがそれだって、自分が望む人生とは思えない。

だったら、あなたはなにがしたいっていうのよ、蔦岡るい。

自らに問い質《ただ》す。

なにか言ったらどう？

なにも言えない。答えなどないからだ。

みんなはどうしているのだろう。

高校の頃に知り合いだったひと達の顔が脳裏に浮かんでは消えていった。

それでもどうにか手にした単行本を読み進めた。『死ぬ前の最後の時間、愛犬は私に話しかけた。筋道立ててはっきりとね。私に大切な助言を残してくれた。』その部分を読んだとき、蔦岡はマユさんとベンジャミンを思い出し、少し泣いた。

「蔦岡さん？」

三度目の乗り換えのために降りた駅だった。ホームを歩いている最中、名前を呼ばれた。聞き覚えのある女性の声だ。

まさか。ただの空耳だ。いましがたまで思いだしていたせいにちがいない。でもなんで「さん」付けなのかしら。しかも疑問形。高校の頃はいつも呼び捨てだった。

「蔦岡っ」

真横から呼ばれ、蔦岡は足をとめた。

「やっぱ、そうだ。ひさしぶり。元気だった?」マユさんはビシッとスーツ姿で決め、さほど大きくないキャリーバッグを曳《ひ》いていた。「いまの電車、いっしょの車両でね。見たようなひとだなぁと思って、声かけようとしたら降りちゃったからさ。慌てて追いかけてきたんだ。でもまさかこんなところで会うなんて笑っちゃうね」

言葉通りにマユさんは声をだして笑った。蔦岡も笑いたいところだが、驚きで頬が強《こわ》ばり、埴輪女のごとく口を開いたままでいた。

なにか言わなくちゃ。

「い、いつ東京に?」

どうにかそれだけ言えた。

「今朝、新幹線で。これからクライアントと打ち合わせして、夕方には帰る」

「帰るって」

「あたし、地元で会社を興《おこ》したのよ」昨日、クッキー焼いたんだというくらいに軽い口ぶりだ。「今年でようやく三年目」

「凄《すご》いですね」

「やだ、蔦岡こそ。放送部の後輩に聞いたけど」マユさんは蔦岡が勤める会社の名を挙《あ》げた。「なんでしょ?」

「あ、ああ、はい」

「そんな大手商社で働いてるなんて凄いよ」

全然、凄くない。

「名刺、ある?」

「あたし、事務なんで」

「じゃ、あたしの渡しとく」

名刺を受け取る際、マユさんと指が触れあう。

「帰郷したら連絡ちょうだい」

帰郷。高校三年間のみ住んだあの町は故郷ではない。しかしそれをいちいち訂正する気は起こらなかった。ホームに電車が入ってくる。

「クライアントの会社、あと三つ先だったのよ」

「すいません」

「やぁね。謝らないで」

マユさんが笑う。今度は蔦岡も笑うことができた。

「あいかわらず可愛いね。昔と全然、変わってない」

「マユさんだって」

いや。昔よりずっときれいになっている。化粧をしているからとはちがう。内側から輝いているように見えた。

電車が停まり、ドアが開く。

「会えてよかったよ、蔦岡。仕事、がんばってね」

走りだした電車の中から、マユさんが小さく手を振っている。蔦岡も振り返した。

過去は遠くに消え去ってはいなかった。いまもなお輝きを放っていた。眩《まぶ》しいくらいに、だ。

あたしも輝かなくちゃ。

マユさんの名刺を胸にあて、蔦岡はそう決意する。

そのためにすべきことを考えよう。遅くない。人生、まだこれからだ。

まだ、これから。

解説　興奮は止《や》まず。何度でも、泣いて、笑って、癒《い》やされて……

作家・安達千夏

文庫解説とはトリセツであり効能書きであり、「この本、自分に合ってるかな」と本屋さんの店頭で購入を検討する皆さまの判断材料です。

もしかしたら、いまこれを読まれているあなたは、「山本幸久なら期待を裏切らない。解説なんぞなくても良さはわかってるよ」という百戦錬磨の〈本読み〉の方かもしれません。

でも、もしもあなたが「読みたいけど財布と相談」なんて、まるでふだんのわたしのようなことを考えておられるのなら、さあお立合い。しばし貴重なお時間を拝借いたします。

かくいうわたくし、この小説が連載されていた当時はリアルタイムで続きを待ちわび、さらに単行本を読みかえし、文庫化にあたり書き下ろされた短編「敗者復活戦」のゲラが編集部から宅配便で届けられた際には、その場でべりべり封筒を開け、立ったまま読んでしまったという猛者《もさ》でございます。熱の入りようをご理解いただけましたでしょうか。

さて、この本はどのような方にお薦《すす》めできるか、わかりやすく幾《いく》つかのタイプに分けました。これからそれをひとつずつ説明してまいります。

タイプ一　ペット好きのあなた。

この本を泣かずに読みとおせたら、表彰ものです。犬であれ猫であれ、動物とともに暮らしたことのあるあなたは、涙腺《るいせん》のかたさを試されることでしょう。「泣かないぞ」と心して読んでもおそらくムダです。断言します。だってわたしなんて、何回読み返しても鼻水が出るんですよ。

「じゃあそんなに何回も読みかえさなきゃいい」ですって？　そうおっしゃるなら読んでごらんなさい。何度だって読みたくなるシーンがこの小説にはあるんです。あなたはきっと、あなたにとって大切なペットのことを思いだすでしょう。そうして、あたたかい気持ちになり、涙をぬぐいながらほほ笑《え》むにちがいありません。そう、何度でも。


タイプ二　過去のレンアイ大反省会をこっそりひとりで開きたいあなた。

生きてると、とにかくカッコワルイことばかりです。青春時代ならなおさらです。なにしろ人生経験が浅く、その身に起きることの多くが初体験ですから、あれよという間に大失態アンド大失敗。こんなはずじゃなかった、とがっくり後悔の連続です。

特にレンアイでは、いっぱいいっぱいの無防備なところに、ばっさり、ざっくり、傷を負《お》ってしまったり。そして単にタイミングが合わなかったばかりに、大きな魚を逃したり。

　誰にだってちょっとは心当たりのある、現実と自意識のズレが織りなすレンアイ模様を読めば、あの日を振りかえり、遠い目になることうけあいです。

　なまじ誠実で心やさしいからこそ迷路にはまる善男善女《ぜんなんぜんにょ》のレンアイのままならなさに、「あるあるある」と「ある」を三連発、あるいは、思わず「クスッ」と笑いを漏《も》らしましょう。


タイプ三　「自分ってツイてないほうかも」と疑ってしまいがちなあなた。

　なにしろタイトルに「失恋」という言葉があるぐらいですから、ハッピーオーラ全開のラブコメでもなければ、めくるめく官能の世界へと誘《いざな》うエロティックノベルでもありません。もちろん、人生一発大逆転のハーレクインロマンスでもないですよ。

　でも、単純な失恋小説かといえば、違います。タイトルは、必ずしもその小説のすべてのエッセンスを語るものではありません。

　なぜか言えなかったあのひと言。

　なんであんなこと言っちゃったんだろう、といつまでも心に残る失敗。

　この道でよかったのか。ほかの生き方があったのか。

生まれながらにツイてる人、持ってる人、彼らの見ている世界は、きっと自分が見ているものとは違うんだ。

もっと調子よく、時にはズルく、とかく生きにくいこの世間を渡っていけたらいいのに。

そんなふうに思いがちなあなた、疑いぶかいあなたに、この本はうってつけです。文庫化にあたり書き下ろされた最終章を読み終えたとき、ふっ、と肩が軽くなることでしょう。

タイプ四 小説を書いてみたいなあと考えているあなた。

著名な音楽家が、演奏上達の秘訣《ひけつ》を訊《たず》ねられた際、いい演奏を聴《き》くこと、と答えていました。

本物に触れれば、おのずと偽物との見分けがつく。芸術の世界でもよくこんなふうに言われますよね。これは本物です。読みましょう。

さてそろそろ紙数が尽きてまいりました。旅に出るので移動中の〝同伴者〟を探しているあなた、通勤通学の友はやっぱ本でしょというあなた、プレゼントや景品で図書カードを貰《もら》ったはいいけど滅多に本を読まないからどれを選べばいいか迷ってるあなた、そう、そんなあなたにも、この本はばっちりフィットします。
そして最後は、ここまで挙げたタイプのいずれにも該当しない、というあなた。
騙《だま》されたと思って、ご一読を。

本書三百二十三頁に、『蛇の卵』R・A・ラファティ著／井上央訳（青心社刊）の一節を引用させて頂きました。――著者

（この作品は平成二十二年三月、小社から四六判で刊行されたものです。なお、文庫化にあたって、「敗者復活戦」は書下ろされました）

一〇〇字書評

切り取り線

失恋延長戦

購買動機（新聞、雑誌名を記入するか、あるいは○をつけてください）	
□（　　　　　　　　　　）の広告を見て	
□（　　　　　　　　　　）の書評を見て	
□ 知人のすすめで	□ タイトルに惹かれて
□ カバーが良かったから	□ 内容が面白そうだから
□ 好きな作家だから	□ 好きな分野の本だから

・最近、最も感銘を受けた作品名をお書き下さい

・あなたのお好きな作家名をお書き下さい

・その他、ご要望がありましたらお書き下さい

住所	〒				
氏名		職業		年齢	
Eメール	※携帯には配信できません	新刊情報等のメール配信を　希望する・しない			

この本の感想を、編集部までお寄せいただけたらありがたく存じます。今後の企画の参考にさせていただきます。Eメールでも結構です。

いただいた「一〇〇字書評」は、新聞・雑誌等に紹介させていただくことがあります。その場合はお礼として特製図書カードを差し上げます。

前ページの原稿用紙に書評をお書きの上、切り取り、左記までお送り下さい。宛先の住所は不要です。

なお、ご記入いただいたお名前、ご住所等は、書評紹介の事前了解、謝礼のお届けのためだけに利用し、そのほかの目的のために利用することはありません。

〒一〇一‐八七〇一
祥伝社文庫編集長　坂口芳和
電話　〇三（三二六五）二〇八〇

祥伝社ホームページの「ブックレビュー」からも、書き込めます。
http://www.shodensha.co.jp/bookreview/

祥伝社文庫

失恋延長戦《しつれんえんちょうせん》

平成25年7月30日　初版第1刷発行

著　者　山本幸久《やまもとゆきひさ》

発行者　竹内和芳

発行所　祥伝社《しょうでんしゃ》
東京都千代田区神田神保町3-3
〒101-8701
電話　03（3265）2081（販売部）
電話　03（3265）2080（編集部）
電話　03（3265）3622（業務部）
http://www.shodensha.co.jp/

印刷所　萩原印刷
製本所　ナショナル製本
カバーフォーマットデザイン　芥 陽子

本書の無断複写は著作権法上での例外を除き禁じられています。また、代行業者など購入者以外の第三者による電子データ化及び電子書籍化は、たとえ個人や家庭内での利用でも著作権法違反です。
造本には十分注意しておりますが、万一、落丁・乱丁などの不良品がありましたら、「業務部」あてにお送り下さい。送料小社負担にてお取り替えいたします。ただし、古書店で購入されたものについてはお取り替え出来ません。

Printed in Japan ©2013, Yukihisa Yamamoto　ISBN978-4-396-33857-2 C0193

祥伝社文庫　今月の新刊

西村京太郎　**謀殺の四国ルート**
迫る魔手から女優を守れ——十津川警部、見えない敵に挑む。

折原　一　**赤い森**
『黒い森』の作者が贈る、驚愕のダークミステリー。

山本幸久　**失恋延長戦**
片思い全開！　切ない日々を軽やかに描く青春ラブストーリー！

赤城　毅　**氷海のウラヌス**
君のもとに必ず還る——圧倒的昂奮の冒険ロマン。

原　宏一　**佳代のキッチン**
「移動調理屋」で両親を捜す佳代の美味しいロードノベル。

菊地秀行　**魔界都市ブルース**　恋獄の章
異世界だから、ひと際輝く愛。〈新宿〉が奏でる悲しい恋物語。

夢枕　獏　**新・魔獣狩り10**　空海編
若き空海の謎、卑弥呼の墓はどこに？　夢枕獏ファン必読の大巨編。

宇江佐真理　**ほら吹き茂平**　なくて七癖あって四十八癖
うそも方便、厄介事はほらで笑ってやりすごす。江戸人情譚。

富樫倫太郎　**残り火の町**　市太郎人情控(二)
余命半年の惣兵衛の決意とは。家族の再生を描く感涙の物語。

荒崎一海　一膳飯屋「夕月」**しだれ柳**
将軍家の料理人の三男にして剣客・片桐晋悟が事件に挑む！

芦川淳一　**読売屋用心棒**
道場の元師範代が、剣を筆に代えて、蔓延る悪を暴く！

渡辺裕之　**新・傭兵代理店**　復活の進撃
最強の男が帰ってきた……あの人気シリーズが新発進！